山西神话传说丛书

亢西民　毛巧晖／主编

关公神话传说

李小刚 亢西民 ◎ 编著

山西出版传媒集团
北岳文艺出版社
BEIYUE LITERATURE & ART PUBLISHING HOUSE
·太原·

图书在版编目（CIP）数据

关公神话传说 / 李小刚，亢西民编著 . —太原：北岳文艺出版社，2020.6（2022.11 重印）
（山西神话传说丛书 / 亢西民，毛巧晖主编）
ISBN 978-7-5378-6216-5

Ⅰ . ①关… Ⅱ . ①李… ②亢… Ⅲ . ①神话—作品集—中国 Ⅳ . ① I277.5

中国版本图书馆 CIP 数据核字（2020）第 084706 号

关公神话传说

李小刚　亢西民 / 编著

//

出品人
郭文礼

责任编辑
贾江涛

书籍设计
张永文

印装监制
郭勇

出版发行：山西出版传媒集团・北岳文艺出版社
地址：山西省太原市并州南路 57 号　邮编：030012
电话：0351-5628697
传真：0351-5628680
网址：http://www.bywy.com　E-mail：bywycbs@163.com
经销商：新华书店
印刷装订：山西人民印刷有限责任公司

开本：890mm × 1240mm　1/32
字数：120 千字
印张：5.75
版次：2020 年 6 月第 1 版
印次：2022 年 11 月山西第 3 次印刷
书号：ISBN 978-7-5378-6216-5
定价：35.00 元

《山西神话传说丛书》

丛书编委会

总序

山西地处华北黄土高原，东有太行，西有吕梁，南临黄河，北凭古长城，物阜民丰，人杰地灵，自古就有“表里山河”之谓。山西有文字记载的历史长达三千年之久，素有“中国古代文化博物馆”之称。位于晋陕豫黄河大拐弯腹地的晋南地区，更是土地肥沃，宜稼宜穑。据考古发掘证明，早在旧石器时代，就有先民在此繁衍生息。当前，在我国发现的两百多处旧石器时代早期遗址中，有五分之四是在山西。其中最早、最具代表性的是山西芮城西侯度遗址中发掘出的火烧骨化石，证实了早在一百八十万年前，在此繁衍生息的中华民族先祖已经燃起了人类文明的第一把圣火。在运城夏县西阴文化遗址中发现的蚕茧化石，证明早在六千年前的晋南一带人们已经开始养蚕缫丝；在临汾襄汾县陶寺村西南发掘出的四千多年前的古城遗址，被学者们认为是当时东方世界规模最大的城市，很有可能就是帝尧的都城。此外，这里还有传说中帝舜和大禹的都城[1]，尚待考古发掘的进一步证实和探究。有鉴于此，文化学者们把晋南称之为“古中国”，而以此为中心的黄河流域便是中华民族当之无愧的发祥地和中华文明的摇篮。

在山西这片沃土上，千百年来就流传着无数优美动人的神话故事和传说。如女娲补天、帝尧教民掘井取水、大禹治水、黄帝斩蚩尤、后稷教民稼穑、嫘祖教民养蚕缫丝等等。在中国神话学界有所谓“昆仑神话”“太行神话”[2]“蓬莱神话”“楚神话”之说，其主体是“昆仑神话”和“太行神话”；而山西，特别是晋南和晋东南一带，正是“太行神话”流传的中心地。在山西省域流传的神话传说中，尽管包含和杂糅有前述三种神话系列的神话传说，但其核心部分则是太行系列的神话传说。因此，从某种程度而言，山西流传的神话传说，即“太行神话”，亦即上古中国的神话传说。

基于对中华民族传统文化、故土文化的热爱，山西师范大学“黄河民俗文化研究所”和“黄河文化与教育研究中心”的师生们，对山西省域内流传的神话传说以及民俗文化进行了长期、系统、深入的调查与研究，写出大量的学位论文和学术论文，本丛书就是在这些研究成果的基础之上进一步整理、加工、提升、撰

① 晋代皇甫谧《帝王世纪》：“尧都平阳，舜都蒲坂，禹都安邑。”蒲坂，今山西永济古称；安邑，古代都邑名，位于今山西运城。

② 又称“中原神话”。

写而成的。

本丛书所辑录、整理和研究的神话传说，从主人公的出生地及故事流传地域几方面因素来考量，大致分为以下几种情形：一种是神话传说之主人公出生地在山西，故事原生地也多在山西，主要流传于山西某地或其他地区的神话传说，如帝尧[①]的神话传说、帝舜[②]的神话传说、后稷的故事、师旷的故事等等；一种是神话传说之主人公出生地在其他地区，但在山西留下大量活动的足迹，故事的原生地是山西，主要流传于山西或其他地区的神话传说，如黄帝的神话传说、大禹治水神话、姜嫄的故事等等；还有一种是神话传说之主人公出生于其他地区，故事的原生地也在其他地区，但在山西地区有着广泛流传的神话传说，如夸父逐日、仓颉造字等等。不管是何种情形，这些神话传说的共同特点是都有着积极的思想内涵。有的神话传说，如盘古开天辟地、共工怒触不周之山、女娲造人，所反映的是中华民族的先祖们尽管对当时所处的自然环境缺乏认识和了解，也无从对这些现象做出科学解释，但他们又渴望了解和把握这些现象，并且进一步做出化害为利、征服自然的积极可贵的尝试和努力；有的神话传说所反映的是先祖们在恶劣的

① 帝尧出生地，国内文化学术界除“山西临汾说”之外，尚有“河北保定说”“江苏金湖说”等。

② 帝舜出生地，除“山西永济说”外，国内文化学术界还有“山东诸冯说”“河南濮阳说”“湖南永州说”。在今山西省永济市及运城市域内有许多与帝舜活动有关的地名，可视作“山西永济说”的佐证。

自然环境下，直面种种艰难险阻、生存困境，所表现出的勇于斗争、不甘屈服妥协的坚强意志和抗争精神，如愚公移山、羿射九日、大禹治水；有的神话传说反映的是先祖们在民族部落时代，面对自然和社会的敌人，在战争中所体现的崇高英雄气概，以及在治国理政、处理种种人伦关系中所表现出的贤良美德，如尧舜禅让、杨家将故事与关公故事等等；有的神话传说则彰显的是先祖们长期以来同大自然与社会斗争的伟大发明创造，以及在其中所显现的聪明、才能、经验和智慧，如帝尧掘井取水、嫘祖教民养蚕缫丝、后稷教民稼穑、羲和制定天文历法等等。

在这些神话传说中，塑造出许多形象生动、性格鲜明的人物，如仁爱贤德治国为民的帝尧、三过家门而不入的治水英雄大禹、爱情真挚坚韧的牛郎织女、忠义仁勇的关公等等，这些形象已经深深镌刻在人们心中，成为一种深厚的民族文化积淀和鲜明的民族文化标志。同时，这些神话传说的艺术表现形式也非常优美，具有经久不衰的艺术魅力。如大禹治水的神话传说：大禹为根治水患，经年奋战，三过家门而不入，吸取父亲治水的教训，改堵为疏，而最终成功治水。故事情节曲折生动，十分感人。又如愚公移山的故事，把愚公与智叟进行对比，凸显出愚公朴实、坚毅的美好品质，故事富于哲理和教育意义。

这些神话传说具有浓郁的民族特色和地方文化特色。与古希腊以及其他西方国家民族的神话传说不同的是，这些神话传说的题材反映的多是先民在上古农耕生活中人与恶劣的自然环境之间，以及不同氏族部落之间为争夺生存空间而进行的斗争生活；而作为航海民族和游牧民族神话传说中常见的航海冒险之类的英雄故事在山西神话传说中则十分罕见，由此而显现出上古时期我们先祖在黄河流域的生活状貌具有鲜明的农耕民族神话的特色。此外，这些神话传说中的英雄人物也与西方民族神话传说中的英雄人物不同，他们身上所彰显的不只是武艺高强、勇武善战、视死如归的个人品质和英雄风范，同时，还更多地展现出对民族（或氏族部落）的集体责任感和家国情怀，以及为人处世方面的品质和贤德。后世中国文学中的英雄与西方文学中英雄的差异由此开启先河。

这些神话传说，是中华民族的先祖生活经历以及认识把握自我和周围世界的经验智慧的结晶，是人类思维最早绽放的文明智慧之花，可以被视作当时人们生活的“元科学”“元艺术”和“百科全书”。在千百年的流传过程中，人们把自己的生活体验、理想愿望、价值观念、审美理想凝聚其中，从而观照出中华民族成长繁衍的历史，其中深深地镌刻着中华民族的集体文化记忆，隐含着深厚的中华民族的种族基因，以及中华民族文化何以成为一种和合文化、伦理文化的深刻文化逻辑，从中我们可以找到解读中华民族文化符码的钥匙。

最后，需要我们特别说明的是，我们在搜集、研究、撰写山西神话传说与民间故事的过程中，广泛吸收和借鉴了国内许多专家和山西师范大学“黄河民俗文化研究所”师生们的研究成果；曾经受到来自山西师范大学、山西省文化科技相关政府机构以及北岳文艺出版社领导和编辑们方方面面的支持和关爱；山西师范大学文学院民俗学专业和比较文学与世界文学专业的研究生白宁、王静、卓琳、李欣静、闫慧芳、李娜、岳文凯、牛靖晶、李佳、王存弟、黄金龙、薛圆媛、杨海玉、崔楠等同学在前期做了大量的资料搜集和初步研究工作。在此，我们一并向他们表示真挚的感谢！因水平和能力所限，本丛书的不足和疏漏之处也在所难免，希望得到广大专家和读者的批评指正。

亢西民

2019年10月于尧都平阳

目录

一 故事传说

二　民俗与信仰

三　文献与遗迹景观、考古

四　文化内涵

一

故事传说

自古以来，中华大地孕育了千千万万彪炳千古的风流人物，而唯有一人，死后由侯而王，由王而帝，由帝而圣，他就是关羽。关羽，本字长生，后为云长，出生于山西运城市解州镇常平村。有关关羽的出生年月，有学者认为他出生于东汉桓帝延熹三年（160年），具体时间则有五月十三、六月二十二、六月二十四几种不同说法。在山西运城解州一带，民间认为是六月二十四。

关羽自幼受家学熏陶，深明大义。中平五年（188年），他与刘备、张飞结为异姓兄弟，从此辅佐刘备重兴汉业，屡建战功，威震华夏，成为三国时期蜀汉名将。从汉至清，历代统治者对他推崇有加，从其生前获得汉献帝封授“汉寿亭侯”起，历代皇帝不断加封达二十次之多，在中国历史上可谓绝无仅有，无出其右。

《三国志通俗演义》卷之五云：“夫英雄者，胸怀大志，腹隐良谋，有包藏宇宙之机，吞咽天地之志者也。”对英雄的概括可谓精辟。纵观中华民族几千年文明史，产生的英雄不计其数，他们大都有着传奇的一生；然而，在这些英雄人物中，论及对后世影响时间之久远，震撼之强烈，范围之广泛，非关羽莫属。由他而形成的“关公形象”，则是一个超越历史真人，超越民族地域，超越人种国籍，超越宗教信仰，超越历史时空的，集历史、文化、民族、宗教、道德为一体的大写的中国人形象。

儒道佛三教以及民间各种职业、阶层对于关羽的敬拜都有自己独有的方式和称谓。儒教尊称关羽为武圣、文衡帝君；道教把关羽奉作武财神、玉皇大帝近侍、协天大帝、三界伏魔大帝；佛教把关羽尊为护法伽蓝菩萨。商人敬拜关羽为武财神、行业保护神；武林江湖尊奉关羽为尚武重义的英雄楷模；知识分子敬拜关羽为武圣人；普通民间百姓把关羽奉为家庭、村落的保护神，护国佑民的战神、财神、文神、农神，全方位的万能之神。

传说就是民间口头叙述传颂的有关历史人物、事件、地方风物习俗的散文叙述体。传说可分为：人物传说、历史传说、地名传说、风物传说和习俗传说等，关公传说属于传说分类中的人物传说。在中国，特别是在山西以及关公故里解州一带，民间盛传许多关公的传说故事，民众将关公作为世代崇拜的英雄和神灵口耳相传，在长期的流传、演变过程中，传说的内涵不断丰富，神话传奇色彩也愈加浓烈，至今已经成为山西地方文化、中华民族传统文化的重要组成部分和中华民族的集体记忆。

关公出世传说

据说，在很久以前，解州盐池，碧波荡漾，清澈如镜，多年来有一条性情温顺的草龙住在盐池里，他一直安分守己、与民共处。有一年，不知为什么，解州忽逢旱灾，大地干裂，庄稼几乎枯死，乡间父老急得像热锅上的蚂蚁团团转，有的向苍天祷告，有的去庙里烧香，但是各种办法都无济于事，还是不见一滴雨水。乡民们很绝望，有的扶老携幼外出逃生，有的坐在地上哇哇大哭。

这时，住在盐池里的草龙听到了哭声，眼睛看到了旱情。他心里感到非常焦虑，怎么也平静不下来，心想，我多年在这盐池中安然居住，多亏乡间父老对我的护养，现在我不能眼巴巴地看着百姓们遭受这种苦难。可是该怎么办呢？苦苦思索许久，他忽然灵机一动：我这盐池里不是有水吗？于是他决定冒着生命危险救百姓于水火之中。他使尽全身力气，在盐池里不停地翻滚，顿时，宁静的盐池掀起三尺浪，盐池中的水往外溢，一直流进了干旱的田间，流进了乡民们的心坎。

眼看着大地变成了一片绿洲，乡亲们喜笑颜开，载歌载舞，纷纷向盐池里的草龙叩头谢恩。可是有谁知道，解州的这次旱灾，原来是玉皇大帝安排的，他要天下百姓尝尝人间的苦楚，所以要解州大旱三年。转眼间三年过去了，玉皇大帝打开南天门往下一看，他感到很惊讶，解州大地，人欢马叫，五谷飘香，便急不可待地派千里眼和顺风耳前去察看实情。玉皇大帝很快就得到禀报：原来解州地面，连年五谷丰登、安居乐业，全是藏在盐湖中的草龙所为。玉皇大帝听后，大为恼火，随即传令，派天兵天将前往解州盐湖捉拿草龙。霎时，解州一带，盐池上空乌云密布，电闪雷鸣，狂风大作，地动山摇。只见那天兵天将一个个跳入池中，和草龙厮打起来，时而跳出水面，时而沉入水底，上下连翻拼杀，经过几十个回合，草龙终因寡不敌众，被天兵天将擒拿归天。玉皇大帝看到捉来的草龙，便火冒三丈，不待细问就怒气冲冲地说："小小草龙，你可知罪，触犯天条，罪当万诛，处以极刑，推出斩首！"没等草龙申辩，刽子手早已一拥而上把他推出去了。

天上斩首草龙的时间，正好是地上的正午，解州常平村的冯铁匠正忙着打铁刀,老伴在院子里纺棉花。突然,天空中一声炸雷，把他们炸得东倒西歪，待他们缓过神来，只见纺车边一团雪白的棉花上有一滴鲜血。他们觉得这滴鲜血不寻常，于是小心翼翼地把它包在棉花里，放在炕头。转眼就是七七四十九天，这天早上，冯铁匠和老伴在家中忽然听到有婴儿的哭声，他们感到很奇怪，寻找许久才发现，原来这哭声是来自棉花团，他们匆忙地把棉花团打开，只见里面有一个又白又胖的男婴，天庭饱满，并不像普通的婴儿。说来也奇怪，这个男婴刚出生就会喊爹叫娘，冯铁匠和老伴喜出望外，高兴得合不拢嘴，老两口半辈子没有生儿育女，今日偶然得子，真是高兴，嘴里一直念叨：“这是上天对我们的眷顾啊。”

从此，冯铁匠和老伴两人，精心照料这个男婴，把他抚养成人，并取名为天生。这个男婴就是后来家喻户晓、妇孺皆知的关羽。

关公丹凤眼和卧蚕眉的来历

关公的丹凤眼和卧蚕眉，民间有三种说法：一是天生的。有位姓关的老汉将他从路边捡回来，就看到小关公的眉毛像小蚕蠕动，眼睛像丹凤展翅，脸像涂了朱砂，头发像浓墨染色，长相极为不凡，将来必定有出息，于是给他起名叫关羽，希望他快快成长，像雄鹰一样展翅翱翔。二是民众传言。关公的眼睛本来很大，因为他喜欢夜看《春秋》，久而久之，便养成了眯眼睛的习惯，一则聚光，二则减轻眼睛疲劳。据说，关公的丹凤眼平时总是眯着缝，一睁开，就意味着要杀人。关公杀人时，又是闭着眼睛的，又快又准，从不虚空。三是大自然的“恩赐”。关公年轻时，他的脸色和眼睛与常人是一样的。有一次，关公杀了人，为了躲避官府的捉拿，他跑到一片枣林里，每天看的是枣，吃的是枣，枣林映红了山和水，时间久了，关公的脸也变红了。他白天黑夜都要看守枣林，防人偷枣，所以似睡非睡，眼睛总是半睁半闭，慢慢地眼睛变成了一条缝，人们便都称丹凤眼。

青龙偃月刀

青龙偃月刀又称“冷艳锯”，关公专用兵器，重八十二斤。众所周知，关公手里拿的武器，是威力无比、绝世无双的青龙偃月刀。关于青龙偃月刀的来历，民间有很多说法。

相传，关公与刘备、张飞结义后，想得到一件称心如意的宝刀，于是就请了几位技艺高超的铁匠师傅来锻造。关公开口就要一把宝刀，天天好酒好菜伺候几位师傅。师傅们全力以赴、精心打制，炼制了几十把青钢宝刀，可是都没有达到关公的要求，几位师傅只能毁了再炼。又炼了一个多月，这天，月牙挂在天上，师傅们取出宝刀，没等淬火就看到一道豪光冲天。这时，天上飞来一条青龙，被豪光击中，鲜血直流，众人吓得四处奔跑。关公见此情景，慌忙一看，只见地上立着一把光灿灿、冷森森的宝刀，形似弯月，用青龙血淬火而成，后人称之“青龙偃月刀”。

第二种说法是：早些年前，天宫里有两条龙，一条是青龙，一条是金花老龙，他们十分要好，玉皇大帝就派遣他们共同去管

山西解州关帝庙内的青龙偃月刀

理北国的雨水。不料，金花老龙触犯玉帝圣旨被斩首，后来转世到了人间，也就是关公。青龙为了金花老龙而打抱不平，被关进了天牢，从此，北国的雨水就少了。关羽、刘备、张飞三人在桃园结义时，三人分别铸造了自己的武器，刘备打了一柄双股剑，张飞造了一支丈八点钢矛，而关公请铁匠打了一把钥匙。大哥和三弟都感到很疑惑，关羽拿着钥匙往天上一指，又往地下一指，又用马尾将钥匙系住，在手中转了三百六十五圈，往空中一抛，钥匙直上云霄。这时，天宫中出现阵阵声响，只见天牢豁然洞开，一条青龙落在地上，众人一看，是一把弯月大刀，并非青龙。大刀落地时不是刀面落地，而是刀背着地，刀口朝上，再仔细一看，刀面上好似一条青龙在游动,所以人们叫它“青龙偃月刀”。据说，这把宝刀，在每年农历五月十三日，必须用天河的水磨洗一次，否则就会失去原有的光泽和锋利。有一年解州久旱无雨，眼看磨刀的日期越来越近，可天空还是艳阳高照，关公心急如焚。他就对天呼叫龙王，谁知龙王不加理睬，关公拿起青龙偃月刀在空中舞动了两下，吓得龙王忙下令打雷降雨。雨水降下来，旱情解除了,关公也磨了刀。乡民们十分感谢关公,就把这一天称作“关老爷磨刀雨日”。

关公故里还有这样一种说法，“关公磨刀日”是每年农历四月初八，目的是为了大战解州盐池作恶的蚩尤，因此这一天下的雨水是为关公磨刀蘸水用的，称为“关公磨刀雨”。也说关公的青龙偃月刀不仅靠天水来磨，有时还要靠人血来祭。

关公脚印

解州关帝庙内的崇宁殿外，有一由石头中的矿物质自然形成的黄色大脚印，后人称之为关公脚印。传说当年关帝庙竣工之时，正是关老爷的生日农历六月二十四，各路神仙前来祝贺，热闹非凡。当时解州一带久旱无雨，关公心急拜谢各位大神，希望他们能各显神通，造福百姓。当各路神仙告别关公腾空而去时，关老爷出门送客，一脚踩在地上，另一脚踏到对面的中条山上，因为右边缺一小块，所以后人认为那是左脚脚心，整体就是左脚印。

现在此脚印作为关帝庙旅游的一景，游客都是左脚踩上，右脚往前跨一步，意为步步高升，也为了沾沾灵气。

关公战蚩尤传说

相传北宋真宗时期，解州盐池上空烟雾弥漫，挡住了太阳，百姓无法晒盐，影响了国家盐税收入。有人觉得是妖魔作怪，就请降妖除魔大师张天师出来察看并除害，张天师看了感觉盐池妖气很重，经过掐算是蚩尤魂魄在作怪，单凭张天师一己之力制服不了蚩尤,然张天师想到了关公。他认为关公生前忠勇,死后为神，可以请来助阵，于是他设祭坛请关公下凡助他一臂之力，约定四月初八与蚩尤开战。那天蚩尤胁迫其他魂魄为他的兵力，并戴上槐树叶以分敌我，关公没看出蚩尤的把戏，第一次开战失利。第二次开战时，关公吸取了失败的教训，就让天兵天将戴上皂角叶，并吩咐天兵天将看到头上戴着蔫了的槐树叶的人就杀。中午时艳阳高照，槐树叶被阳光晒蔫了，而皂角树叶不变，所以天兵天将一眼就分出了敌我，而蚩尤见所有的士兵都戴树叶，辨不清敌我，不敢开杀，最后战败。从那以后人们为了纪念关公，每年四月初八祭奠关公，并在门上挂皂角叶。

关公洗脸盆

通往关帝祖茔的路上，有一槽形的大水池，旁边有清泉从断崖边飞泻而下，流入一个巨型的犹如脸盆形状的槽中，这就是关公洗脸盆。

据当地人介绍，关公洗脸盆因关公每年拜祖时在这里洗脸而得名。据说，关公每年都会在清明节前后拜谒祖先，路过此地洗脸，因为关公是红脸（民间传说故事里有关公变成红脸的鸡血染红篇和鼻血染红篇等）。每年的这个时候如果大水池的水呈浅红色，说明关公刚来过祖坟；如果清澈说明关公已经走得很远或者还没来过。水池里的水在清明节前后呈浅红色，是否与当地的地形、时节或者阳光有关，还待进一步研究考证，但平日里水池清澈见底，在那特殊的时期会有变色，真可谓一大奇观。

关帝祖茔历史久远，遗迹众多，景点纷呈，除了关公洗脸盆，还有青龙门、马蹄印、宝剑窝、巨石像、结义亭、寻麻坡。与关公祖茔浑然一体的石磐沟还有大量的风物遗迹传说，如一罐泉：

罐中天然泉水，有千年历史。民间流传此泉水能治病消疾，解毒、解酒。如用此泉水洗脸，还有美容效果，故此泉水又被称为“美人泉”。这里还有关公在祖茔显灵、尽孝的传说：石磐沟祖茔庙刚竣工的时候，对面的山上有一次着火，可是烧到山上两个石像附近时火偏偏就灭了，因为这两个巨石石像就是关老爷和关夫人的头像。这种说法无疑是为关公少小离家，战死沙场，最后魂归故里找到了一个合理的说法。

澎湖关帝庙传说

据说明嘉靖年间有个渔夫叫澎山舵，他经常到澎湖捕鱼，有一次遇见了大风大浪，眼看船就要沉没，他就要葬身大海，无奈他对着船上的关帝像祈求。神奇的是他竟然躲过了危险，风浪出奇地平静下来。为了感谢关帝，他们把关帝请上岸，在岸上为关帝安了家。

这些对关公的信仰，使得传说成为不断支持与加强信仰的原动力。关公的地位自宋代以来至清末不断晋升，让关公的一生出神入化，由前世的龙，到三国时期的儒、释、道等宗教尊崇，最终成为神的化身，终其一千多年至今，神奇度大幅提升，使关公崇拜成为民间英雄崇拜之一。成神后的关公，显灵也好，传说也罢，他的地位到了儒称圣、释称佛、道称天尊，三教尽皈依的程度，真实地塑造了一个在后代人民心中的英雄形象。

温酒斩华雄

这是关公的成名之战。当年董卓废黜少帝而立陈留王刘协为帝之后，残暴不仁。袁绍、曹操等人组成联盟准备共同讨伐董卓，关羽义兄刘备也属于联盟方，但是盟军派出的多数大将都被华雄斩于马下。袁绍感叹自己的大将不在，不然可以打败华雄，此时急性子的关羽冲出来喊“我去把华雄杀了吧”，然而他当时只相当于刘备的随从，没有任何品位官阶。将领们不让关羽出战，在曹操的建议下才同意让他出去试试。曹操斟了一杯酒要为关羽壮行，关羽说“回来再喝”，随后飞奔上马。不一会儿，关羽就提着华雄的头回来了，此时杯中的酒还是温的。关羽因此一战成名，也大大打击了董卓的气焰。

关公显灵故事

关公杀淫僧

一位张姓书生考试前在一寺庙借宿，一天晚上他想同住持聊天，便去敲他的门，没人回应。张生担心住持出事就推门进去了，却发现住持正跟一女子在床上行苟且之事。住持告诫书生不要外传。回到书房后张生心神不安，不知所措，想要通过看书来缓解一下，没想到刚打开书就睡着了。梦中他见到了关公，关公让他到庙中自己塑像旁边取来木制的青龙偃月刀立在住持的门口。张生惊醒后，照关公的话做了。

第二天住持一出门，门口的青龙偃月刀自动倒下，斩下了住持的头颅。官府出面解决这桩人命官司，认定张生所言不实，木刀不可能杀人，肯定是张生杀死了住持，遂将他抓进监牢。张生百口莫辩，非常伤心。

半夜，关公又出现在张生的梦中，告诉他明天公堂上请县官竖木刀在公堂上，然后让死囚经过，自己会有感应。第二天张生照做，果然青龙偃月刀自己倒下斩杀了那个死囚，于是官府相信是关公显灵，便释放了张生。

帝君杀人

相传关公作为神灵，最初只负责寺庙里的安全与卫生问题。这段时间他每天接触底层百姓，看到百姓自己都吃不饱还要供奉神仙，非常心疼。后来他的神职越来越高，但仍然非常关心底层百姓的日常生活。

有一次，他巡视各地的庙宇，看到寺院里的和尚趁着夜黑，把老百姓供奉的作为寺院长明灯的食油给卖了，非常生气，指责和尚们盘剥百姓。和尚振振有词地说自己是为了维持寺院的生计，况且是官府让百姓上供才导致百姓挨饿的。关公想了想觉得也有道理，就决定以后但凡百姓的请求一律满足，而那些不劳而获耀武扬威的官员的请求就不满足。一天，县太爷进庙请求让自己升为知府，关公不准，于是县太爷非常生气，在县太爷的位置上大肆盘剥。百姓苦不堪言，纷纷到庙中请求关老爷赶紧让县太爷升到府衙。关帝当初说过老百姓的愿望一定会满足的，但是又实在不愿看到黑心的县官升迁，于是就用青龙偃月刀把县官杀了。县官于是到阎王处告状，阎王奏请玉帝抓来关公，关公说就算砍了我的头也不能改我的决定，玉帝虽于心不忍，但天子犯法与庶民同罪，也只能砍下关公的头颅，从此关公便失去了自己的头颅。

泥菩萨过河自身难保

据说宋高宗赵构还没有当上皇帝的时候，与其随从被金兵追赶至黄河边上，前无去路后有追兵，陷入绝境。忽然看到一个关帝庙，就躲了进去，迷迷糊糊中他看到关公骑着赤兔马来到身边，于是他就抓着赤兔马的尾巴渡过了黄河。第二天人们来到关帝庙，只见关帝和赤兔马都变成了一摊黄泥。关公为了救人不惜牺牲了自己。

宜兰协天宫传说

宜兰位于台湾岛东北部，基隆一带的漳州人称关公为“协天大帝”，所以宜兰的关羽传说也叫协天宫传说。东汉建安二十四年（219 年）十二月，一代英杰关羽被孙权杀害，关羽的神话传说开始出现，尤其是在关羽的家乡和他生活过的地方，广泛流传着关羽显灵护民的传说。

关公显灵传说，讲清朝一钦差大臣刘明灯巡察宜兰时经过礁溪，于是在协天宫后面的枫林扎营，士兵为做饭砍了一些枫树枝当柴火，没想到士兵们吃完饭后全都病倒了。刘明灯非常好奇，就问当地居民，居民都说枫林是关公的龙体，砍伐枫林是会冒犯关公的。刘明灯到庙中一看，果然见庙中关公神像怒目而视。刘明灯赶紧虔诚致歉，全体官兵的病遂不药而愈。

关公前世和后来的显灵成神传说是珍贵的民间文化遗产之一，他的凛然正义之气是让这位由生前的将领、侯爵，死后逐步晋封为公、王、帝君、大帝的关键，也使其继而成为与文庙孔子并驾齐驱的武庙主神，并受到儒、释、道三教的尊崇。

和关羽有关的传说还有“卓刀泉”的传说、“万能神”的传说、珍珠泉的传说等。关羽在百姓心目中是个英雄豪杰，他生前的正义凛然与英雄事迹感动了后世百姓，所以关羽的传说几乎遍布他的出生地与他生前所经历过的地方。

败走麦城

败走麦城也叫夜走麦城，说的是三国时蜀将关羽在麦城（今湖北当阳东南）被吴将吕蒙击败后的狼狈境遇，典故出自《三国志》。公元 219 年，蜀兵在荆州失利后，关羽带部队退到襄阳。这时，魏兵和东吴吕蒙部队仍然两面夹击，紧追不放，关羽的部队因损兵折将，军心开始涣散。为了等待成都的援军，关羽带领残军于当年十一月占领麦城，企图以麦城为依托，固守待援。在内无粮草、外无援兵的情况下，关羽决定夜间突围，向西川逃走。当晚初更后，关羽带领全部人马趁着夜暗向北而逃，刚走出二十多里路，忽听一阵鼓声，两队人马追赶而来。原来吕蒙早有准备，已事先在小路两侧做了埋伏。关羽无心恋战，胡乱厮杀一阵，想继续逃跑。突然战马被绊马索绊倒了，关羽被摔下马来，大刀和帽子都摔出老远。他刚挣扎着起来，还没走几步，不料又跌进陷坑里，被东吴的将士活捉后处死。

金脸关公

在河北井陉境内，有多处与众不同的金脸关公被供奉在村里的关帝庙中。据村里的老人讲,贾庄村关帝庙盖起后,塑好关公像，画匠就开始上颜色。最后一天，天色已经开始渐渐变暗了，画匠连忙给关公的脸上红色，准备完工，但是不管画匠怎么刷，关公的脸就是不上色。天黑了，画匠只好作罢，收拾东西回家等明天再刷。在晚上画匠做了一个梦，梦里有位神仙告诉他，明天早晨看东边，天是什么颜色你就画成什么颜色。画匠早上起来就爬到山顶向东看，此时的东方正是万道金光灿烂，于是画匠赶紧跑回庙里，将关公的脸画成了金色。

对于关公金脸的说法还有很多种：一是传说关公死后成佛，金脸是佛的象征。还有是说明末张献忠在成都称帝，认为治理天下要文武双全，于是拜文昌帝张亚子为祖宗，这是文的方面。在武方面，他崇拜关公，于是就修建关帝庙。文昌帝君是神，是金脸，关帝与他地位相当，也应该为金脸。

关公“红脸”传说

关于关羽“红脸”的传说，民间有很多种说法。

（一）

关羽杀人后，在逃亡的途中，差点被官兵追上，碰巧他藏身的桥下有一位老妇人在河边洗衣服，那位老妇人是观世音大士变的，她指点关羽将鼻子打破，用鼻血将脸涂红，将拔下来的头发粘到嘴唇上作为胡须，从而骗过来追兵。可是关羽到黄河边上洗脸时，洗来洗去就是血迹洗不下来，粘在嘴上的胡须也洗不掉了。

（二）

关羽杀了员外吕熊，在当时来说虽然可以称得上是为民除害，但是官府下通缉令抓捕他，于是他决定离家出走。路上到处都张贴着关羽的画像，他处于进退两难的困境。就在这个时候，他看见了河边有一位洗衣的老妇人，就和老妇人讲明了自己遇到的困难。老妇人听完以后狠狠地在他的脸上打了一拳，满脸都是鲜血的关羽正为此苦恼时，老妇人从自己头上拔了几缕头发贴在了他的嘴巴上，并且嘱咐他尽快离开这个是非之地。没想到关羽还没有走多远就遇到了前来追捕的官兵，官兵见他是一个红着脸的大汉，便着急地问是否见有个年轻人向那边跑去。关羽很淡定地告诉官兵刚刚有一个年轻的小伙朝那边仓皇而逃。官兵相信了他的话立马赶去追捕。官兵离开以后，关羽准备返回河边向老妇人答谢，但是老妇人已经不见了人影。关羽就去河边洗脸，但是任凭他怎么洗也洗不掉脸上的鲜血。从此,关羽便红颜美髯、神色威武。

（三）

关公羞愧变红脸的传说。这个传说流传于湖北襄阳。襄阳一带。从前流传过这样的莲花落："关公曾把豆腐卖，反倒讨厌这碗菜，关公穷，关公富，关公不吃水豆腐。"传说原来因为关公爱打抱不平在家乡杀了仗势欺人的贪官而逃跑到外地，通过帮人做豆腐来糊口。一天遇上一个卖糖的，卖糖的欺负外乡人，说关公的豆腐里掺假。关公一看豆腐里面确实都是水，于是就害羞得满脸通红，从此他的脸就变成了红色。

（四）

关公吃枣变红脸的传说。这种说法流传于江苏省镇江地区。关公在少年的时候力气比较大而且脾气火爆，有一次因为打抱不平伤了别人性命，官府便下令抓捕他。他逃跑到了一片大枣林里，正巧枣林里有个看枣林的老头，老头看他年纪太小了也挺可怜的，于是就问他愿不愿意在这里替他看枣林。关公正发愁没有去处就立马答应了。

在山西，枣林是很出名的，既叫泡红也叫重枣，枣树上的枣多得把树枝都要压断了。树上、地上到处都是枣，地上的枣腐烂了，水流到了附近的河里，河水也变成了红色。俗语说：靠山吃山，靠水吃水。生长在这里的人无论吃、喝、洗都与枣有关系。就这样日复一日，关公的脸就变成了红色。

（五）

关公抹鸡血变红脸的传说。这种说法流传于湖北通城，关羽在年轻的时候是个细皮嫩肉的英俊小伙，膂力过人，为人正直，爱打抱不平。有一天他外出春游，路上正巧听到了有女子呼喊救命的声音，他便循着声音赶去相救。到了以后看见几个壮汉正强抢一名女子，有个老头在拼命救她，但是被这些恶棍给杀了。关羽见状便立即上前救助，几个回合就把这些人打倒在地，最后把他们的领头人杀个尸首相离。关羽回头看那女子，她早已吓得瘫坐在地上。她告诉关羽刚刚那个领头人是县官的儿子，他们要抢她做妾，可怜的父亲被他们这样活活打死了。关羽看见她可怜便给她留了银子而后离去。

县官听说儿子被害，立即下令抓捕关羽。一天关羽的行踪被他们知道了，他跑到山洼的一处农户家。屋内一位女子正在纺纱，关羽向女子说明了缘由，女子见此情况先是一愣，然后对他说让他装病睡在床上。关羽对她说这样不好，官兵来了会连累她的，女子对他说她自有办法，说完后就杀了一只雄鸡，把鸡血抹在他的脸上，又从自己头上剪了一把长长的头发粘在了关羽的下巴上叫他安心地睡。官兵进来搜查，发现是一个髯须过胸的红脸大汉便离开了，从此关羽的脸就变成了红色。

汉寿祠

汉寿祠位于湖北监利县东南二十公里长江之滨的王家巷，古地名为芦花市。传说关羽镇守荆州时，有一年阴雨连绵，江水暴涨，江堤溃口，形势十分危险，关羽昼夜巡视大堤，率士兵与民众一起奋力堵口，终于挡住激流，转危为安，百姓为了感谢关羽抢险救民就立祠来纪念他的功绩。汉寿祠址历经江水的冲刷，几经修缮。

旧《监利县志》中，戴羲撰有一篇《修复汉寿祠记》，可见当时修缮的情况。现在汉寿祠已经损毁，只有遗址尚存。中华人民共和国成立之初，县人民政府在这里兴建了境内第一座长江引水闸——王家巷闸，灌溉当地数十万亩良田。

汉桑城

汉桑城位于河南省南阳市新野县县城中心，砖砌城墙高二点四二米，墙上有六十七厘米高度堞口，周长十二点六七米，墙头上筑有城垛，城门镶嵌有石碑，城中围有一株汉代古桑树。关于其由来当地流传有这样的传说：东汉末年，刘备、关羽、张飞在新野屯兵期间，三顾茅庐请出了诸葛亮当军师，诸葛亮当时颁布了两条重要政令整肃纪律：一是宽厚爱民，二是严肃军纪。一天，关羽从校场归来，将自己的赤兔马随手拴在门口一棵桑树上，随后就进屋看书去了。谁知赤兔马饥饿难耐，就把桑树的树枝、树皮都啃了个精光，没过两天，桑树便干枯而死。诸葛亮得知这一情况，向关羽重申宽厚爱民的军纪，教育其将兵应一视同仁，让关羽给百姓赔礼道歉，并补栽死去的桑树。于是关羽亲自从市井中买回桑树苗栽到原处，并带领兵将在其周围筑起城墙，以便更好地保护桑树不受伤害。其后此城经历代修补维护，得以保存至今，久负盛名的“汉桑城”便由此而来。

三山不见山

这个传说流传的地区主要在湖北荆州，三山是荆州古城内三个带山的地名的习惯统称，三山其实只是三个土台，因与关羽守荆州有着密切联系而有“山”之名。“三山”分别指：松甲山、卸甲山和掷甲山。松甲山靠近荆州城的北城墙，传说关羽检查军情时曾在此松甲休憩，因此得名松甲山；卸甲山则在荆州城的西南、新南门东边，相传关羽打胜仗回来后曾在此卸甲，由此得名卸甲山；掷甲山在荆州城西北城墙附近，据说三国时期东吴吕蒙偷袭荆州城，关羽闻讯后急忙率兵营救，赶至城下时才知道守城将领已经献出城池，投降东吴。关羽知道后痛心不已，情急之中脱下铠甲，抛到了西北城垣边，然后率兵西撤了，因而后人称此地为“掷甲山”。康熙年间，掷甲山又改名为余烈山，并修建了关庙，嘉庆皇帝也曾为其题字“威震华夏”。

关公谚语

关公和周仓升天成神之后，总是尽力满足百姓的请求。有一天，关公到天庭开会，周仓负责处理日常事务。有一个农民请求下一场大雨，好让庄稼快快长；一个开染坊的请求让每天都是晴天，让自己的布能晒好；一位果农请求不要刮风，免得把自己快要成熟的桃子吹落；一位船夫请求来一场大风，以便鼓帆行船，顺风出行。这可难坏了周仓，只能暂且搁置，等关公回来他赶紧禀报。关公一听大笑，一捋胡子说“夜里下雨白天晴，农民染坊不误工。大风顺河走，绕过桃花山”，满足了两对完全矛盾的要求。

“大旱不过五月十三”是一句民间谚语。民间自古传说农历五月十三这一天是关羽单刀赴会的日子：关公只身过江赴宴去会鲁肃,即人们耳熟能详的“单刀会”。因为关公知道鲁肃不怀好意，意在暗害自己，以便收回荆州。为防不测，赴会前要先把久未使用的青龙偃月刀磨好，以便随时备战。上天看到关羽只身赴宴的胆识与气魄，为帮助他，便在其磨刀时淅淅沥沥地下起雨来，省去了洒水磨刀的麻烦。之后关羽被尊为神灵，在百姓眼里，关老爷磨刀的水就是神水，洒到人间自然是天降甘霖；而这一天一般都会有雷声，人们便说这是关老爷磨刀的声音。所以“大旱不过五月十三”的传说既是对关羽忠肝义胆的赞美，也是百姓对关羽兼济天下的怀念。

关公磨刀雨

古代民间在每年农历五月十三要祭祀关公，这一天要演戏，如果遇有风雨，就称为“关公磨刀雨”。

传说，关羽去世后回到天庭掌管人间风雨雷电。关羽念及人间百姓疾苦，每日坚守岗位，时刻关注河流水位，以保证百姓灌溉之需。从此以后，在黄河流域连年风调雨顺、五谷丰登，百姓安居乐业。为感谢关羽，解州当地民众自发为其建庙，从此庙里更是香火鼎盛。

在黄河中住着一条恶龙，看到百姓们对关羽的爱戴与崇敬，心生嫉妒，便想找个机会来报复他一下。有一年，关羽因外出有事，便将降雨任务托付给了关平、周仓二人，当时正值小麦生长的关键时期，恶龙看准机会便到黄河上游吸干了河水，致使下游断流，土地干旱，小麦枯萎，百姓纷纷到关帝庙烧香祈雨。关平、周仓二人法力有限斗不过恶龙，便去寻找关羽。关羽回到天庭，看到解州土地干裂，民不聊生，怒发冲冠，带领众天兵天将在南天门磨刀准备对付恶龙。之后，关羽在黄河边生擒恶龙、挑去龙筋，逼他吐出了腹中之水，从此解州地区又恢复了往日的生机与活力，而关羽在百姓中的威信也愈加得到提升。

如今，在解州每年农历的五月十三都会下雨，百姓们都称此雨为“关公磨刀雨”。

曹操劝降

汉献帝建安五年（200 年），曹操进攻徐州，刘备军战败，四处逃散。关羽与刘备、张飞失散，被困土山。曹操派关羽的故交张辽前来劝降，张辽向关羽列举其三大罪状：一、关羽与刘备誓同生死，但现在关羽将亡便会违背当初誓言；二、二位皇嫂如今也难以保全性命，有悖刘备当初的嘱托；三、关羽熟读经书、武艺超群，本应辅佐刘备恢复汉室，不应在此拼死决斗。后张辽举出投降曹操三大好处：一、可保全二位皇嫂；二、保全性命可不违背当初誓言；三、保全性命可以更好地为刘备尽忠。

听罢张辽的叙述，关羽提出三个条件，若三个条件曹操都应允，便投降于他。三个条件为：一、只降汉帝，不降曹操；二、给予二位皇嫂俸禄供养；三、一旦得知刘备消息，即刻离开。

张辽带着关羽的这三个条件回禀曹操，曹操不愿答应第三个条件，张辽劝其姑且答应，日后再以重金美女来收买他，曹操这才应允。

在曹营，关羽受到莫大的恩惠：曹操送他重金美女、赐他赤兔宝马、封其“汉寿亭侯”，一心想要收买他。但关羽忠肝义胆，不为所动，之后得知刘备的下落，便带着二位皇嫂离开了曹营，投奔刘备而去。

关公放火救民传说

在很早以前的山西蒲州，这里连年风调雨顺五谷丰登，老百姓过着美好的生活。有一年东海龙王的儿子化作人形来到蒲州城里游玩，他在街市上看到了一个美丽的姑娘想要霸占她，当他调戏这位姑娘的时候被几个老百姓揍了一顿，他回到龙宫向龙王说了许多蒲州百姓的坏话，龙王十分生气，请求玉帝处罚蒲州的百姓。玉帝听信谗言，降旨第二年的正月十五火化蒲州，把火化蒲州的任务交给了关老爷。关老爷决心拯救蒲州百姓，他变成了一个老妪来到一户人家求食，这家人热情款待了他，临行时他留了一首诗大意是说正月十五的时候有火灾，在门前挂个红灯就可以化凶为吉。这家人就把挂灯避灾的办法告诉了自己的亲友，就这样一传十，十传百，到正月十五的晚上，蒲州城里家家挂起了红灯，远看一片火海，关老爷向玉帝报告说蒲州已火化，玉帝站在云端看见蒲州一片火海，信以为真。至今当地还流传着“官向官，民向民，关老爷向着蒲州人”的民间俗语。

常平百合

相传汉献帝在河东时生活条件十分艰苦，衣食住行等条件都不及长安、洛阳。许多中年大臣身体状况一日不及一日。关公夫人胡玥懂医术，她让乡邻把最佳的百合和红枣捐出来，按照一定的比例调制好并把用法用量写清楚进贡给汉献帝，汉献帝按照方子食用，不几天，身体明显好转，大臣们也精神焕发。后来御医认为是关公故里常平村的百合起了作用，生长百合的黄草坡与关帝祖茔同处一座山脉，因此黄草坡的百合有了灵气，非同一般，最大个头可达一斤多至二斤。更神奇的是当地的百合从不分头，只有一个生长点，一颗百合一个心，鳞片大，其他地方产的百合不仅个头小还常常分五六个“头”。因此，黄草坡上的百合闻名遐迩。

平安饼

平安饼本是玉米贴饼，色泽淡黄，松酥可口，甜而不腻，但与关羽有密切的关系，因而有特殊的含义。相传关公小时候非常喜欢吃他母亲做的带甜味的玉米贴饼，后来关公将玉米贴饼的制作技艺传授给随军的厨师。一次，在行军路上，关羽收到了来自家乡的书信，但因他一时难以凑齐笔墨无法回信，于是，他就让周仓包一包贴饼寄回河东，以饼带信，表达他对家乡的思念之情。家里人收到甜饼后，感叹道："长生常年在外，但是没有忘记家乡。"后来，关公成为"平安神"，家里人纪念关公，都会摆上玉米贴饼，祈求家人平平安安，"平安饼"因此得名。

关羽白河斩水牛接水

在南阳附近，有三座山:一是蒲山，形状像牛身子;二是丰山，形状像牛头；三是小黄山，形状像个牛铃铛。当地百姓认为这三座山是一头被关羽杀死的牛变成的。传说诸葛亮派张飞、赵云去博望坡纵火烧曹操的粮草，让关羽在南阳的路上设伏，接应张飞和赵云，关羽打退了曹操的兵马后带队来到白河边，想让兵马在河边歇息，可是白河里的水却干涸了。关羽派人打探，得知是上游有一头牛在喝水，那牛胃口很大，竟把白河水喝断流了。关羽知道后二话不说就举起青龙偃月刀朝牛头砍去，牛头三滚两滚变成了丰山，牛身抽搐了一下变成了蒲山，牛脖子上的铃铛变成了黄山。

曹操逃过华容道

曹操在赤壁之战兵败后，诸葛亮算到曹操会从华容道逃走，先后派赵子龙、张翼德带领人马去途中设伏，截击溃退曹军，却不给关羽安排任务。关羽按捺不住，主动请战。诸葛亮怕他念旧情放走曹操，可是关羽声称他决不会，还立下了军令状。后来关羽带了五百校刀手在华容道设伏，结果曹操果真就奔这条道来了。关公最终也还是放走了曹操。

关于关云长放走曹操的原因有两种说法：一是曹操狡猾，与关羽谈往日旧情，关羽动心，故意放走他；二是关羽把诸葛亮给他的庆功酒提前喝了，等到曹操经过此地时见关羽的士兵都喝醉了，顺利地通过了华容道，这种说法主要流传在湖北监利县。

关羽智胜九天仙女

在荆州城流传着一个关羽智胜九天仙女的故事：关羽镇守荆州时，为了防御曹操和孙权进犯，修筑了一个土城作为营垒。王母娘娘知道了这件事，认为荆州是一个风水宝地，但因长期战火不断，民不聊生，她想把荆州收回来，作为一块仙境圣地，于是派了九天仙女下凡见关羽，索要荆州。关羽不愿将手中城池拱手相让，但也知道王母娘娘惹不得，于是就要和九天仙女比赛筑城，约定好要是一个晚上九天仙女把城的东面和北面修完，他就把城给王母娘娘。关羽虽然号令手下十万精兵，但是却比不过九天仙女，于是他就让将士们编一张张的芦苇席并把它们串连起来，远远看去就像城墙。他又趁仙女不注意让农家院里的公鸡提前打鸣。九天仙女听到鸣叫，城墙却还没有修完，以为自己输了，就不辞而别。

关羽挂印封金

关羽挂印封金的故事出自《三国演义》第二十六回，关羽到曹操身边后，曹操为了留住关羽，送给他美女十个，三天两头摆宴席，还给了他一匹赤兔马，但这些都留不住关羽。后来关羽从孙乾口中得知刘备在袁绍处，刘备招关公回归的信一到，他当即回信并几次找曹操，本想当面辞别但都没见到。关羽知道其用意，就写了一封信派人送往相府，并封存了曹操所赠金银，悬挂起金印。《三国志·卷三六·蜀书六·关羽》载：羽尽封其所赐，拜书告辞，而奔先主于袁军。此外，他还给曹操留下了一份“账簿”。账簿记载了曹操所赐的金银财物，并按照“收、转、出、存”列述得清清楚楚，此后，关羽的记账模式成了商人的范本，因而关羽也被拜为管财之神。

千里走单骑

刘备、关羽下邳失散后，关羽不得已归顺了曹操，但他身在曹营心在汉。打听到刘备的一点消息后，便向两位嫂夫人说明情况，单人匹马带着二人，往西北方向进发，踏上了寻兄的路途。关羽亡归刘备用了近两个月的时间，历经艰险。《三国演义》所记关羽千里走单骑，先在东岭关（禹县西北六十里的白沙村）斩孔秀；又在洛阳关（洛阳南香山、西山对峙的伊阙）杀韩福、孟坦；随后至汜水关（即虎牢关，现荥阳市西北）击杀卞喜；到荥阳关（现荥阳市东北）斩王植；在滑州黄河渡口（现滑县东北）刀劈秦琪。由此可见关羽寻兄，千里迢迢，屡经坎坷，实属不易。

关羽杀豪霸

关羽生来体格魁梧、气力过人，喜读《左氏春秋》，至忠至孝，以天下为己任。有了儿子后的第二年，便告辞父母：我现在已经有后代，对得起关家的祖宗了，现在汉朝气数将近，我应该去伸张正义、解救百姓、重振纲纪。于是去县里见官员，陈述自己的报国志向，可是官员不予理睬。当晚他住在县城旅馆，听到隔壁有人哭，了解到情况是:老人韩守义，他的女儿长得十分漂亮，被城里的恶霸吕熊强行霸占。吕氏有钱有势，与官府勾结，干尽伤天害理之事，老人没有任何办法，只好独自痛哭。关羽听后，怒气冲天，将吕熊及其相勾结之人给杀了个精光。

关公风雨竹

“关公风雨竹”是一种将字、画混合在一起的艺术，相传由关羽所创。

关羽自幼聪慧，擅长书画，对画竹子更是情有独钟。关羽兵败降于曹营时，为曹操斩名将颜良、文丑。曹操爱才心切，特封关羽为汉寿亭侯，并赐予美食锦袍，奈何关羽忠肝义胆，一心想着有朝一日能与刘备相会。一日夜里，关羽难以入眠，站在窗前看到狂风吹得竹叶沙沙作响，联想到自身的处境，性情所致，铺展画笔画了一幅风竹图；少顷，又下起雨来，雨滴打在竹叶上，关羽目睹此景，画意更浓，又挥毫创作一幅雨竹图。他利用竹叶做画笔，将两幅画巧妙地构成一首五言诗：“不谢东君意，丹青独立名。莫嫌孤叶淡，终久不凋零。”

不久，关羽得到刘备的消息，便立刻保护二位皇嫂离开曹营，将那两幅风竹、雨竹图留给曹操。曹操得知消息，赶来看到关羽留下的两幅画，端详良久，方知关羽“身在曹营心在汉”，已无法挽留。曹操敬佩他的忠义，便把这幅画刻在石碑上，使它得以流传至今。

现存有最古老的“汉夫子风雨竹石刻”收藏于山西运城市博物馆，碑刻两碣，左为风竹，右为雨竹。雨竹组成的诗句是“不谢东君意，丹青独立名”；风竹组成的诗句是“莫嫌孤叶淡，终久不凋零”。今天山西运城的风雨竹画代表人物是“运城市第二批非遗传承人”刘建苏。

关羽自小家中贫困，没有上学的条件，一位胡人老人（另有匈奴人一说）看到关羽天资聪颖，于是收他为学生，并把自己的女儿胡玥嫁给了他。胡玥贤惠、识大体，在关羽十八岁时，他们有了儿子，取名关平。关平长大后，胡玥让关平去投奔父亲，在儿子临行前，胡玥摘了家乡的青梅与竹子，让儿子交给关羽，说关羽最喜欢吃青梅，最喜欢竹子。实际上深意是：青梅竹马，永不变节。关羽见到这两种东西后，更加思念妻子，最终以画隐诗，以诗明意，作了“风雨竹图”和五言绝句“莫嫌孤叶淡，终久不凋零。不谢东君意，丹青独立名”。

桃园三结义

结义，是指仿照宗法亲亲原则，用盟誓明神的方式结为兄弟。刘备、张飞、关羽三人因不同原因走在了一起。

传说张飞在家乡涿郡开了一家肉铺，东汉时名叫桃庄，现叫忠义店。张飞每天把卖不完的肉悬挂于一眼井内，上压千斤大石，在门口挂一个牌子，上面写着：“单手提此石，割肉你白吃。”一天，关羽路过此地，搬走压在上面的石头，拿走了肉。张飞回家听说此事后，追赶上他，不由分说，两人厮打起来。恰巧此时，刘备推着一车草鞋经过此地，一手拉一个，终止了这场争斗。三人情投意合，遂结为桃园之盟。桃园结盟描述了他们三个人结义的前因后果，每个人都是个性鲜明，性格突出。张飞是一个莽汉，关羽是一个落难者，刘备虽然也是落难不得志，但是有神灵庇佑。他们三人的结义是各自出于各自的目的，合情合理。

胡公祠

在山西运城一带的民间传说中，说关羽少年时是在一位叫胡斌或者胡守约的私塾先生家里读书，后来娶其掌上明珠胡金蝉为妻。现在关帝庙中的胡公祠，奉祀的是唐振武将军、节度使、工部侍郎胡证，当地传说胡证乃其妻之父胡斌的后裔。

还有相传关羽的妻子姓胡，这一座“胡公祠”是为了纪念关羽岳父家的族人。胡公祠位于关帝庙雉门西侧，祠内所祀胡证，字启中，是唐代进士。胡公祠起初与关公传说没有关系，后来由于人们的附会，加上本身与关帝庙距离非常近，才慢慢与关公传说联系起来。

赤兔马

关公坐骑，“身如火炭，眼似銮铃”，“日行千里，渡水登山，若履平地”，所谓“人中吕布，马中赤兔”，赤兔马被称作汗血宝马，一直以来都是好马的代表。其最初是董卓从西凉带来的宝马良驹，为拉拢年轻将领吕布，遂将其赐予吕布。曹操斩杀吕布后获得此马，因曹操十分爱惜人才，也想仿效董卓“宝马赠英雄”。然而关羽终究不是吕布，即便他接受了赤兔，也是为了更快地找到刘备。从此以后，赤兔马和青龙偃月刀就成为关羽的代表形象。当关羽败走麦城被东吴杀害后，赤兔马又为马忠所得。可这次它不再顺从地跟随新主人，数日不食草料而亡，随旧主关羽而去。明神宗封赤兔马为“追风伯”。但据史书记载，赤兔马在吕布战败后，不知去向，并没有成为关羽的坐骑，由此也可佐证《三国演义》有虚构成分。民间又传，赤兔未死而代代繁衍，宋朝时由方腊重金买来，梁山泊征讨时，被关胜夺来。可能就是因为这样，罗贯中在民间搜集资料时，被误传了。

结拜石

现涿州一带民间传说认为，在农历三月二十三日，刘关张三人在三义宫原址的一片桃园中结拜，最终使关羽走向成神、成佛、成圣的地方便是河北涿州。《三国志》关羽闪亮出场的第一句话便是亡命奔涿郡，也就是通过在涿州三义宫桃园结义后他们三人最终取得成功，这一拜，堪称千古一拜。结拜碑前面的大青石就是当年刘关张结拜的地方，结拜碑上书“桃园三结义”。现三义宫存结拜石，长两米多，宽一米，厚约半尺。整块巨石浑然天成，古朴壮观，表面平坦，颜色洁白莹瑞。至今每年三月二十三日为楼桑庙会，唱大戏，举行祭祀活动，据说诸如此类的活动已经延续了一千多年。三义宫，原为“三义庙”，又称“汉昭烈帝庙”，为纪念三国时期刘关张兄弟结义而建，始建于隋代，唐、辽、元、明、清等时期均有修葺，距今已有一千四百多年的历史。明正德三年（1508 年）武宗皇帝朱厚照亲赐玺书“敕建三义宫”。整座庙宇规模宏大、气势雄伟，文化底蕴深厚。三义宫从 1996 年恢复重建，共修建了七个大殿、山门、九龙碑、结拜石、内外宫墙等。采用明代传统三进院落布局，由外向里依次为山门、马神殿、关羽殿、张飞殿、正殿、退宫殿、五侯殿、少三义殿，按原有形式内塑八十七尊塑像，2011 年底被河北省旅游局评为 3A 级景区。

指关为姓

民间传说关羽原来并不姓关。为救一名民间女子，关羽打死了当地一个有权有势的恶霸吕熊，被迫无奈，不得不逃亡他乡。当逃到潼关的时候，城墙上贴着他的图像，守城官兵戒备森严，关羽着急得不知如何是好，浑身冒汗，脸上火烧火燎的。守城官兵冲他喊道："来，过来，迅速一点。"别无他法关羽只能硬着头皮走过去，官兵说："他的身高、容貌和画像倒是相似，但是画像是白脸，他是红脸。"关羽听后知道自己的脸变成了红色便神情淡然，大摇大摆地向前走，官兵对他喊道："红脸的小伙子你姓甚名谁？"他灵机一动，随手指着关隘说："姓关啊。"官兵挥了挥手说："姓关，那你走吧！"于是他就这样顺利躲过了守关士兵的追捕，最终逃出了关口。关羽指关为姓，自那以后就叫成了关羽，再也不曾更改。关羽变成红脸是因为急红的，可是蒲州有人说是火神为了报恩把自己的红脸借给了他。

关羽是历史上真实的人物，但终因历史文献对其记载很少，造成后人对其了解有限，相当多的资料是后人根据民间传说而撰写。史学家认可的史料是《三国志》，而民间百姓对《三国演义》更感兴趣，前者是历史文献，后者是在史料基础上创作的文学作品，民间百姓称关羽为关公。

“关王、关帝、关圣”是在“关公”基础之上升华而来。在唐朝时,关公被列为国家祀典的对象之一;宋朝时,“关公”成了“关王”;元时，沿用宋时的封称;明朝，“关王”成了“关帝”;清朝时，“关帝”复加为“关圣”。

二

民俗与信仰

民俗信仰又称民间信仰，源始于远古，是民众在长期的历史发展过程中产生的一套神灵崇拜观念、行为习惯和相应的仪式制度；它是一个民族传统文化的主要载体和组成部分。古人最早、最基本的信仰是天地信仰和祖先信仰。天地信仰，即对日月星辰、山川湖海、风雨雷电、飞禽走兽、花草树木等天地万物以及自然力神祇的信仰；祖先信仰则是对祖宗先人的信仰和崇拜。后来，随着人类社会的发展和行业分工，又产生出一些诸如行业神信仰，如对谷神、农神、财神、战神、戏神、门神的信仰，以及人神信仰等其他一些新的民俗信仰类型。所谓人神信仰即指一些古代先贤圣哲和英雄豪杰，生前对于国家民族、百姓社稷建有功德，死后被人们神化，升格为神，享受后人的祭祀崇拜。关公信仰即属此类。

在中国各地以及海内外华人商界中历来盛行供奉“武财神”关公的风俗，他们把关公神像或贴画供奉家中或商贸场所，以祈求家庭兴旺、生意兴隆，财源广进，并昭示和警示商贸活动的双方，恪守商业道德，发扬关公“诚实信义”的精神。

在中华民族历史上，人神信仰以关羽为最。关羽从一蜀汉名将到关帝、关圣，以及民众普遍信仰的大神，被民众尊奉为驱邪降魔、呼风唤雨、招财进宝、护国佑民之神，神格之高，在中国古代人神中是极为少见的。官方和民间对他信仰崇拜的程度前所未有，地域范围亦十分宽广，遍及大江南北，远达东南亚以及世界各地。据统计，全国的关庙有四万多座，全世界的关庙多达二三十万，其信仰崇奉人数之众，享祀庙宇之多，远远超过其他人神。关公信仰从立庙信奉到如今，经历了一千四百多年的历史，在中华民族五千年文明史上，可以让三教共尊、百代敬慕、千秋烟祀且庙祀无垠的历史人物唯有关羽一人。

作为文化史上唯一被儒释道三教共尊的人神，关公信仰超过了一切宗教、一切神灵。正如蓬莱关帝庙一副楹联所云："儒称圣，释称佛，道称天尊，三教尽皈依，式詹庙貌长新，无人不肃然起敬；汉封侯，宋封王，明封大帝，历朝加尊号，矧是神功卓著，真可谓荡乎难名。"关公信仰文化融合了儒家的道德伦理、佛家的善良慈悲、道教清静无为的精髓，是对儒、释、道三教均予认同的忠义仁勇道德规范的实践。人们对关公的信仰不仅是广大民众一种心理上的寄托，同时也承载着人民的道德追求和中华民族的优秀精神。关公信仰文化作为我国民俗信仰文化的重要分支，体现着我们中华民族的核心价值观，是中华民族传统文化的重要组成部分。

关羽受封过程

关羽生前曾担任过襄阳太守、都督荆州事务，曾被封汉寿亭侯、荡寇将军、前将军等，列蜀汉“五虎上将”之首。关羽去世后，蜀汉后主刘禅，最早封关羽为“壮缪侯”；自宋代始，给关羽加爵封王：徽宗崇宁元年（1102 年）封羽为“忠惠公”，之后于崇宁三年（1104 年）再封“崇宁真君”，再隔三年即大观二年（1108 年）封为“武安王”，宣和五年（1123 年）敕封“义勇武安王”，可见其官爵由公到君再到王，得到显著提升；南宋第一个皇帝赵构加封其为“壮缪义勇武安王”，其子孝宗又加封羽为“壮缪义勇武安英济王”；元朝天历元年（1328 年），其封号改“壮缪”为“显灵”，全称即“显灵义勇武安英济王”；明朝时期，明太祖朱元璋恢复关羽生前封号，改为“寿亭侯”，自明万历十八年（1590 年），始封其为帝：“协天护国忠义帝”，万历四十二年（1614 年），封“三界伏魔大帝神威远镇天尊关圣帝君”，自此以后才有关帝之称；清朝自入关后，顺治九年

（1652 年）封“忠义神武关圣大帝”，雍正三年（1725 年）加封其为“山西关夫子”，后历经乾隆、嘉庆、道光三代皇帝，其封号陆续加至二十二个字：“忠义神武灵佑仁勇威显护国保民精诚绥靖关圣大帝”，至光绪五年（1879 年），其封号更是长达二十六个字：“忠义神武灵佑仁勇威显护国保民精诚绥靖翊赞宣德关圣大帝”，极尽赞美之辞，对其的崇奉可谓达到登峰造极的地步，至此关羽的封赠到达顶点。

关公信仰与崇拜

关公信仰的形成经历了四个阶段：形成期、发展期、盛行期、鼎盛期。魏晋南北朝至唐代的八百年间是关公信仰的形成期，从南北朝到唐代，关羽从一个历史人物转变为一个被人祭奉的神，经历了一个质的转变，形成了关公信仰的初步规模，为关公信仰的进一步发展打下了良好的基础；宋元时期是关公信仰的发展期，也是关键阶段，关羽经历了从神侯到神王的转变过程；明代时期是关公信仰的盛行期，关庙变得普遍，信仰者也越来越多，关羽实现了从神王到神帝的过渡；清代时期是关公信仰的鼎盛期，关公的地位越来越高，关庙也开始备受国家关注，关羽由神帝变为“超”帝。

在中国古代特别是明代以后，对关公的信仰确实令其他神灵“望香烛兴叹”，是其他神灵难以企及的，这不仅表现为庙宇多、信徒众，而且表现为信徒的虔诚心理，其信仰民众遍及全国的各个角落。

关羽不仅受国家祭祀，还成为佛道两教所奉神灵。隋开皇十二年（592 年），修成玉泉寺，关公受五戒，遂为此寺伽蓝神。唐朝以后，他的塑像开始出现于佛寺内的殿堂中。宋代以后，关公由一家寺院（或佛教一宗）的护法神一跃而为整个中国佛教护法神，杭州的灵隐寺、山西五台山一些寺院均有关公神像，就连北京著名的喇嘛庙雍和宫，也在西跨院中辟有关帝殿，供奉着一尊制作精美的关公铜铸坐像。相比佛教的伽蓝神，关羽在道教中地位更高。道教敬关公为“义勇武安王”“降神助威武圣人”“关圣帝君”等，并且编写了《关帝觉世真经》《关帝明圣经》。另外，关羽还被奉为武财神，尤其受商界人士的尊崇。从唐代到清代，对关羽的崇拜均非常繁盛。

唐代、五代的关羽

在关羽死后的五百多年里其声名并不显著，到了中唐才借势太公望（俗称姜太公）在祀典上出现。当时的关羽已经有了“角色”的分化，在史上他仍是个地位并不显赫的将军，而祭祀中已成为人们膜拜的对象。宋初王溥在《唐会要》中有如下记载：唐玄宗开元十九年（731 年），诏“两京及天下诸州各立太公庙一所，以张良配享”，这时候关羽还没露面。肃宗上元元年（760 年）追封太公为武成王，与文宣王孔子看齐，“享祭之典，一同文宣王”。但孔庙配祭的有十哲和七十二弟子，武成王却孤家寡人，场面不能与文宣王相比。到了唐德宗建中三年（782 年），关羽的称号依旧是“蜀前将军汉寿亭侯”。清代史家赵翼曾论说：“鬼神之享血食，其盛衰久暂，亦若有运数而不可意料者，凡人之殁而为神，大概初殁之数百年，则灵著显赫。久则渐替，独关壮缪在三国六朝唐宋皆未有槚祀。”他客观描述了关羽在两晋南北朝冷寂的现象，但事实上进入隋唐后，关羽的忠勇在唐朝国家崇祀的武成王庙内得到一席之地。唐初敬祀周朝开国功臣姜尚，肃宗上元元年（760 年）由于“定祸乱者，必然先于武德”，而对姜太公大加褒崇，封为武成王。“享祭之典，一同文宣王”，并“拣取自古名将充十哲”，并七十二弟子作为从祀。关羽以“蜀前将军汉寿亭侯”的身份入选。关羽是因其“忠勇绝伦”而得以从祀武成王庙的，这是他首次享受国家典祀。然而关羽虽为六十四名将之一，身份却依然是封侯的将军，且在武庙中的地位很不稳固。可见，关羽在由三国而隋唐的历史长河中地位并不特殊，更无显赫可占。从三国死难临沮到唐朝从祀武庙的漫长日子里人们对关羽的价值取向偏重于武勇。“一直为魏晋南北朝的勇将们所效法，为唐代世人称道的不是他的忠义，而是万众之中取上将首级的神勇”。

由此可见，直至晚唐五代还不见关羽脱颖而出、声名鹊起，到五代为止，关羽的爵位仍然是汉寿亭侯，在芸芸群英中还未被重视，但已经有了“角色”的分化，在祭祀中已成为人们膜拜的对象。

宋代的关羽

给关羽加爵封王始于宋代。徽宗赵佶于崇宁元年（1102年）追封关羽为“忠惠公”，而武安王，使羽由侯爵进为公爵而王，封为“武圣”，与孔子的文庙并列，一文一武，受人们祭祀。时隔一年，又于崇宁三年进封羽为“崇宁真君”；大观二年（1108年）再封羽为“昭烈武安王”；宣和五年（1123年）又封羽为“义勇武安王”。在短短的二十一年内，赵佶追封关羽多达四次，由侯进公，由公进君，由君进王。南宋第一个皇帝赵构也宣称关羽能“肆摧奸宄之锋，大救黎元之溺”，于建炎二年（1128年）加封羽为“壮缪义勇武安王”，其子赵昚更称关羽“生立大节与天地以并传，投为神明亘古今而不朽”，“名著史册，功存生民”，于淳熙十四年（1187年）加封羽为“壮缪义勇武安英济王”。由此可见，两宋为关羽加爵封王的次数之频、力度之大、封赠之多。

《宋史·礼志八》载，宋太祖建隆三年（962年），诏修武成王庙，到宋徽宗宣和五年（1123年），将关羽连升两级，就是这个道君皇帝的手笔。《宋会要辑稿·礼二十》：蜀汉寿亭侯祠，一在当阳市（今湖北当阳市），哲宗绍圣二年（1095年）五月，赐额“显烈”；徽宗崇宁元年（1102年）十二月，封忠惠公。

又据《宋会要》同卷，“皇帝对关羽极为重视，元丰三年（1080年），赐庙额加封爵。初封侯，再封公，次封王。不知道神宗是否批准施行，但他的儿子徽宗确实大力推行，关羽由汉寿亭侯而忠惠公而武安王，是有‘祖宗之法’作根据的”。

按《宋史·哲宗本纪》记载：“哲宗绍圣三年赐玉泉祠额曰显烈王。”按《关圣帝迹图志》云：“徽宗崇宁元年追封忠惠公，大观二年加封武安王，宣和五年敕封义勇武安王。”按李焘《续通鉴长编》：“宣和五年正月乙卯，礼部奏请侯封，敕封义勇武安王，令从祀武成王庙。”宋朝多次加封关羽，《宋会要辑稿》《续资治通鉴长编》《荆门志》《解州志》等志书都有零散记载：北宋哲宗绍圣三年（1096年）赐玉泉祠为显烈庙。北宋徽宗崇宁元年（1102年）以解盐恢复生产为契机，笃信道教的宋徽宗加封关羽为忠惠公。大观二年（1108年）加封武安王。宣和五年（1123年）“正月乙卯礼部奏请封义勇武安王，令从祀武成王庙。”

南宋孝宗淳熙十四年（1187年）加封壮缪义勇武安英济王。敕云：“生立大节与天地以并传，没为神明亘古今而不朽。”南宋淳熙十六年（1189年）郑南撰写的《玉泉建加封英济王碑记》:“关姓某名，云长字也，河东解人。与先主起涿郡，腹心爪牙，义则君臣，恩同兄弟。”且在淳熙十六年建加封英济王碑记中有“鼠雀不敢近，有犯辙自没，以此人咸敬而畏之”，由此可见，在碑文中已有明显的神异现象。而除此之外，还有“崇宁真君”这个称呼，并不见于宋元代官私文献，但是《关云长大破蚩尤》第三折中天师张真人保举玉泉山土地神关羽平妖，许以“重修庙宇，再盖祠堂，赐封崇宁真君”。对于此，我们已无从知晓这个道号的由来，但可以肯定的是宋代确实有此称呼，见于《成淳临安志》

载“清元真君义勇武安王庙在西溪法华山，绍兴三十二年建”。同时，我们也可从其他角度来看宋人眼中的关羽。从宋洪迈《夷坚志》等书记载可知，从宋代起，“关羽逐渐取代了武成王姜尚的位置，而且远远超过了他，超过了历史上任何名将”。

元代的关羽

进入元代后，在原有的基础之上开始了真正全面、彻头彻尾的改变。上至高居庙堂的帝王将相，下至终生劳作的庶民百姓，从挥文弄墨的文人学子、舞枪弄剑的草莽义士，到勾栏瓦舍中的说书艺人、梨园演场中的戏子优伶，乃至远避尘世的僧侣道士，几乎都陆续加入了美化、神化和圣化关羽的潮流。关羽在元代可谓进行了一次脱胎换骨，由一个普通武将，初不闻为神，但历经朝代变迁却转为万人景仰的神祇，以致“凡男妇老少，有识无识，无不拜公像，畏公之灵，而知公之为正直，俨然如在宇宙之剧也”。这种盛况可谓“自有生民以来，未有盛于公也”！

元文宗于天历元年（1328 年）九月十三日即位后没几天，就“加封汉将军关羽为显灵义勇武安英济王，遣使祠其庙”（《元史·文宗纪一》），这是继宋徽宗之后加封的。元俞希鲁修的《至顺镇江志》也说：天历元年，封显灵义勇武安英济王。

明代的关羽

封关羽为帝始于明代。朱元璋死后，由太子朱允继位，年号“建文”。建文三年（1399 年）朱棣发动武装政变，以“清君侧”为名攻克南京，夺得皇位。朱棣说他的行动得到关羽显灵保佑，由他当皇帝乃是“天意”。皇帝说关羽是神，各级官吏和黎民百姓亦都把关羽当神来敬。到了明朝中后期的正德四年（1509 年），朝廷下令将全国的关庙一律改称“忠武庙”。万历二十二年（1594 年），应道士张通元的请求，神宗朱翊钧进封关羽为帝，关庙的称谓亦由“忠武”改为“英烈”。万历四十二年（1614 年）十月，朱翊钧封羽为“三界伏魔大神威远震天尊关圣帝君”（见《咳余从考》《老圃丛谈》两书）。

明姚宗仪《常熟私志》云：“荆州牧前将军，其本号也。汉寿亭侯，其加封也。壮缪侯，唐封号也。宋真宗封义勇武安王，则王之矣。徽宗加封崇宁至道真君，则神之矣。今上尊为协天大帝，又敕三界伏魔大帝、神威远震天尊、关圣帝君，兼赐冕旒玉带，至尊无上也。”

《续文献通考·郡祀考》三：“成化十三年诏建汉寿亭侯庙。初洪武二十八年建庙于南京鸡鸣山。永乐中北京始建庙，至是特建庙于宛平县东”。嘉靖十年(1531 年)，南京太常寺少卿黄芳：“言汉寿者，封邑；亭侯者，爵也，称寿亭侯误矣。乃改成汉前将军汉寿亭侯。岁五月十三日祭以太牢果品五帛，以遣太常寺官致祭，国有大事则告。按明初祀关侯止用本称，万历中特加封三界伏魔大帝神威远镇天尊”。

明嘉靖七年（1528 年）张淳甫撰写的《重修义勇武安王庙记》：“王，汉昭烈皇帝之将也，伏节当时。今天下后世高王之义而祀王之遗像者无间华夷。夫古今将士多也，而王独神何？义高于诸将也；神之分布于世者亦多也，而王独庙食于天下何？灵显于天下也。”

近代方志如刘大鹏《晋祠志》卷七《祭赛》上，有案语述明代加封关羽事，说：“明太祖洪武元年，复汉故封。武宗正德四年（1509 年），赐庙曰‘忠武’。神宗万历十年（1582 年），封‘协天大帝’，庙曰‘英烈’。四十二年（1614 年），又敕封‘三界伏魔大帝神威远震天尊关圣帝君’，尊为护国佑民之神；其道坛之‘三界馘魔元帅’，则以宋岳武穆代；其佛寺伽蓝，则以唐尉迟敬德代。继又崇为武庙，与孔庙并祀。”

清代的关羽

关羽地位的抬升在清代达到了新高度。入关前世祖福临与蒙古族诸汗结拜兄弟，声言“亦如关羽之与刘备，服事唯谨也”。入关后的顺治元年（1644 年），即封羽为“忠义神武关圣大帝”。圣祖玄烨于康熙四十二年（1703 年）西巡途经解州时拜谒关帝庙，亲书“义炳乾坤”匾额。乾隆之后，历嘉庆、道光二朝，羽的封号陆续加成“仁勇威显护国保民精诚绥靖翊赞宣德忠义神武关圣大帝”，多达二十四字，比之历代表彰尤著。文宗奕讠宁于咸丰五年（1855 年）追封羽的远祖为“光昭王”，祖父为“裕昌王”，父亲为“成忠王”。这样，自羽以上四世，三王一帝，光耀显赫。

《清朝文献通考·郡祀考上》：顺治元年定祭关帝之礼，九年敕封忠义神武关圣大帝。雍正三年（1725 年），追封三代公爵，曾祖曰光昭，祖曰裕昌，父曰成忠，供后殿。增春秋二祭。洛阳、解州后裔并授五经博士，世袭承祀。乾隆二十三年（1758 年）加封关帝为忠义神武灵佑关圣大帝。乾隆三十三年（1768 年），以壮缪原谥未孚定论，更命“神勇”，加号“灵佑”。殿及大门易绿瓦为黄。四十一年（1776 年），诏言：“关帝力扶炎汉，志节懔然，陈寿撰《志》，多存私见，正史存谥，犹寓讥评，蜀由传信？今方录《四库书》，改曰忠义。武英殿可刊此旨传末，用彰大公。”嘉庆十八年（1813 年），以林清扰禁城，灵显翊卫，命皇子报祀如仪，加封“仁勇”。道光中，加“威显”。咸丰二年（1852 年），加“护国”；明年，加“保民”。于是跻列中祀，行礼三跪九叩，乐六奏舞八佾，如帝王庙仪。旋追封三代王爵，祭品视崇圣祠，加“精诚绥靖”封号，御书“万世人极”额，摹勒颁行。同治九年（1870 年），加号“翊赞”。光绪五年（1879 年），加号“宣德”。

除康熙朝并无表示外，到此为止，关羽的称号全衔是“忠义神武灵佑仁勇威显护国保民精诚绥靖翊赞宣德关圣大帝”，共二十六字，字数比从唐到清的“大行皇帝”称号还要多。到清代，关羽的形象逐渐多元化且更加丰满，有战将、儒士、财神甚至帝王等。

关羽的一生，出神入化，从三国时期的义士，到神的化身，终其一千五百多年，神奇之至，无人无神能比拟。

关羽成神原因

关公文化是儒家文化核心道德文化的一部分，是中华民族文化核心的精髓，从某种意义上来说就是中华民族文化。关公文化更是核心价值观的载体，是中华民族的一个极具表征意义的精神符号。作为中华民族传统文化的优秀成分，挖掘关公文化的精髓、发扬关公文化的智慧无疑对我们实现中华民族的伟大复兴，对实现文化自信有重要的支撑作用，由是，关羽被世人尊之为神、敬之为圣。然历稽载籍，名将如云，缘何唯有关羽能够如此，主要有如下几方面的原因。

历朝历代封建统治者的推崇

由于历代统治者的推崇，关羽受到千百万民众的膜拜，“关羽神职普泛化”，尊崇关羽的行为在民间迅速传播，愈演愈烈，所谓“中原有地皆修祀，故土无人不荐香”，神州上下形成了“关公庙貌遍天下,五洲无处不焚香”的壮观景象,关羽超越了“武圣”的局限而成为财神、商业神、门神、护法神和荣誉神。关羽是以忠贞、守义、勇猛和武艺高强称著于世，被赐封号“侯而王，王而帝，帝而圣，圣而天”，祭祀规格由一般奉祀而群祀而享帝王之礼的中祀，行祭人员由大臣而亲王而皇帝，关庙创建的范围由窄而广,数量由少而多,关羽成为人神之首,凡助战斗、治病除灾、佑科举、诛伐叛逆，无所不能，具有多方面的神格，其崇拜和信仰者极为广泛。因此，历代封建统治者都需要这样的典型人物来作为维护其统治的守护神，于是乎就无比地夸张、渲染其忠、义、勇、武的品格操守，希望有更多的文臣武将能像关羽那样尽忠义于君王，献勇武于社稷。

给关羽加爵封王始于宋代。两宋为关羽加爵封王的次数之频、力度之大，由宋代统治者赐予关羽的封号可见一斑：诸如“忠惠公”“武安王”“武圣”“崇宁真君”“昭烈武安王”“义勇武安王”“壮缪义勇武安王”“壮缪义勇武安英济王”。关羽由侯而公,由公进君,由君到王，且封号是越来越长、内涵是越来越广、威望是越来越高，足见有宋一代对关羽的推崇备至、崇奉有加，终而使得关羽走进帝王家的高堂庙宇。宋亡之后由蒙古族入主中原，建立元朝。元文宗图帖睦尔于天历元年（1328 年）在南宋给羽的封号上去掉“壮缪”，改为“显灵”，全称谓“显灵义勇武安英济王”。

由此我们可以管窥关羽崇拜在少数民族统治的蒙元时期同样是大行其道，亦即说明关羽崇拜不会因为朝代的更迭而减弱或消逝，相反则是彰显出关公信仰这一精神力量的生命力之生生不息，关公之“人格”与“神格”魅力有增无减甚至是永垂不朽。封关羽为帝始于明代万历年间，这一封赠为关公信仰与关公崇拜进一步推波助澜，达到了登峰造极的地步。有明一代，明太祖朱元璋明令拜关公，并在全国敕建关庙；而明中后期，朝廷下令将全国的关庙改称“忠武庙”;万历年间,明神宗看中关羽的“忠”和“义”,封羽为“三界伏魔大帝神威远镇天尊关圣帝君”，自此关羽进入“帝”的行列,位居人神之首,关庙遍地林立,关公尽享人间烟火。

清代统治者也是极为崇信关羽的。入关前世祖福临与蒙古族诸汗结拜兄弟，声言“亦如关羽之与刘备，服事唯谨也”。入关后的顺治元年（1644 年），即封羽为“忠义神武关圣大帝”。圣祖玄烨于康熙四十二年（1703 年）西巡途经解州时拜谒关帝庙，亲书“义炳乾坤”匾额。乾隆之后，历嘉庆、道光二朝，羽的封号陆续加成“仁勇威显护国保民精诚绥靖翊赞宣德忠义神武关圣大帝”，多达二十四字，比之历代表彰尤著。

为何自宋代以来，统治者们独独看中了一介武夫的关羽，并将他封为“王”,尊为“武圣”呢？说到底是政治的需要。宋代以后，中国的封建社会已经发展到没落阶段，怒涛骇浪般的农民起义此起彼伏，愈来愈猛烈地冲击着封建制度的基础。统治阶级为了挽救其腐朽统治，越来越着重于对人民采用血腥的镇压手段，这就是宋以后的统治阶级在“文圣人”之外又要塑造出一尊“武圣人”的主要原因。而关羽作为一个死去八百多年而且“盖棺论定的忠君的”历史人物，正符合统治者们号召人们的政治要求，因而关羽便被选中并尊为政治偶像进行大肆宣传颂扬，宣扬他的“赫赫武功”，比如，斩华雄、诛文丑、过五关、斩六将，百战百胜驰疆场，甚至还大肆吹嘘关羽的“忠义”，说他“大义参天地，精忠贯古今”，而最终封“王”尊“圣”，成为“忠义双全”的道德上的“完人”，成为维持腐朽没落的封建统治的守护神，所以顺理成章“武圣人”这顶桂冠就被硬戴在关羽的头上了。之后随着封建社会日益走“下坡路”，关羽“青史高名悬日月，令人千载仰宏模”的形象正是由历朝历代的统治者们的积极参与而铸就的，其地位也是越来越飞黄腾达，最终是“侯而王，王而帝，帝而圣，圣而天”，褒封不尽，庙祀无垠，成了封建社会里的一尊神。

宋元明清文学艺术家美化、圣化和神化的结果

在关羽被神圣化的历程中，还得益于历代文人的美化和颂扬，文学形式相比口口相传来说，更具说服力也更加形象和立体化，关公的形象被越来越多的人所熟知，关公信仰越来越兴盛，其中，罗贯中的《三国演义》对关公信仰的盛行起到了推波助澜的作用。

进入中国封建社会后期的宋元两代，是关羽被美化、圣化和神化的真实开端。在宋代盛行的“说话”艺术和“弄影戏”艺术中，关羽开始从当时“说三分”所讲述的众多三国人物中逐渐脱颖而出。宋人张耒在《明道杂志》中记载，当时人们在看到“斩

关羽”之际，都“辄为之泣下”。加之，宋朝的最高统治者，也加入了圣化和神化关羽的“大合唱”。史料记载，那个崇尚道教的宋真宗，曾编造出一个请关公到解州盐池，大战蚩尤而除妖祛灾的荒诞神话。至此，关羽又被道教请入了自己的门槛。到宋徽宗手里，竟在短短的二十一年之中，连续四次对关公加封，由“忠惠公”“崇宁真君”而再封为“武安王”“义勇武安王”。关羽由此而从“侯”及“公”,再由“公”及“王”,声誉和身价为此大振。元代对关羽的美化、圣化和神化，较两宋更为深入，更为扩大。借助在元代兴盛起来的“杂剧”和“平话”，关羽的忠、信、义、勇被描写得更加具体、丰富和生动、形象，不能不使人慨然泪下。元代以三国为题材的杂剧有四十余出，其中表现关羽的剧目便有十二出之多。元代的《三国志平话》共插图七十幅，有关关羽的图画竟多达二十幅。为认同中原文化，笼络中原民众，元朝最高统治者也对关羽大加追封。明清两代，是将关羽圣化、神化到极致的时期。生活于元末明初的小说家罗贯中，在他的名著《三国演义》中，不仅吸收、采用了宋元时代美化、圣化和神化关羽的大量故事，而且根据自己的政治理想、道德观念以及当时的社会思潮，进行了大胆而大量的艺术想象和艺术虚构,终于把关羽塑造成了“忠”“义”“仁”“勇”集于一身的完人、圣人和神人。自此，关羽“至忠”“至义”“至信”“至勇”的形象，随着《三国演义》小说的广泛传播，在社会上更是家喻户晓，妇孺皆知，受到更为普遍的崇拜。清人毛宗岗曾说，在罗贯中笔下，关羽成了“古今名将第一奇人”。鲁迅也说，在《三国演义》中，“唯于关羽，特多好语，义勇之概，时时如见矣”。明清两代的皇帝，对关羽的加封，亦是有增无减，一浪更比一浪高。明神宗在万历十年（1582年），曾将关羽褒封为“协天大帝”。到此，关羽被历代封建王朝所加封的世俗官位，达到了无可复加的地步。在中国两千余年的漫长封建社会中，被封为“大帝”者，大约仅有关羽一人。到清末的皇帝那里，加封给关羽的封号，是长达二十四字的“仁勇威显护国保民精诚绥靖翊赞宣德忠义神武关圣大帝”，几乎将中国封建时代所能找到的用于封号的美好语词，全部用到了关羽头上。

因此，关羽从“当时义勇倾三国”的蜀汉名将，到“万古祠堂遍九州”的神化、圣化偶像，是中国封建社会进入后期以来社会各界对关羽不断美化、圣化和神化的结果。从宋元至明清的这一历史过程中，上至高居庙堂的帝王将相，下至终生劳作的庶民百姓，从挥文弄墨的文人学子、舞枪弄剑的草莽义士，到勾栏瓦舍中的说书艺人、梨园演场中的戏子优伶，乃至远避尘世的僧侣道士，几乎都陆续加入了美化、圣化和神化关羽的行列。在这一浪高于一浪的关羽崇拜浪潮中，从关羽身上发掘出来的和被追加到关羽身上的美德与美誉，远远超过了历史上真实的关羽，在中国封建社会中几乎达到了无人可及的地步。于是，生活于三国时代的关羽，在宋元明清之际，便渐渐地超凡脱俗，青云直上，由一个充满悲壮色彩的人间英雄，变成了万民礼拜的神圣偶像。

儒、释、道三教的尊崇

宗教对关公信仰也有着极大的助力作用，关羽自身的品质符合儒教“忠孝仁义”的道德标准，因此得到儒教的大力推崇，加之儒教在封建社会的地位为关公信仰的出现和繁荣奠定了坚实的基础。道教把关公的地位抬到最高，大力宣传关公信仰，编造了诸多通俗的劝善文，如《关公觉世真经》《关帝明圣经》《戒士子文》等。佛教把关公拉入了护法神的行列，称为“护法伽蓝”。总之，儒释道三教都把关公列于自己教派的神灵行列之中，其结果是提高了关公在神界的地位。

隋唐之际，从印度辗转传入中国的佛教逐渐进入兴盛阶段，并与中国本土文化融合，形成了浸透着中国文化的中国佛教。于是，天台宗作为中国佛教的一个教派，捷足先登，率先将关羽拉入佛门，封之为守护佛法的“伽蓝神”。不过，就隋唐社会的绝大部分民众而言，关羽也还不是圣人和神人。但是，关羽的神祇地位自宋代以至于清末，不断晋升，让儒、释、道等宗教信仰也为之受弥而扩及民间对关羽崇拜的大幅提升，使关羽成为民间英雄崇拜之一。因为关羽忠、义、信、诚、勇的人格特质是人们所需要借重和依循的。民间的力量本是不大，但中国历代宗室的加封，让这位三国时期义薄云天的将相，在千百年之后，名声像滚雪球一样愈滚愈大，由侯而王而帝而大帝，进而上升至神的地位，到了儒称圣、释称佛、道称天尊、三教尽皈依的地步，这些都要归于民间信仰力量的促成。

关羽显灵成神过程主要在于民间推动，其中以佛道两教为主流起了大的作用。佛道的推动作用，使关羽崇拜在北宋中叶之后起了大的变化。此时期以后，与关羽崇拜相关的各类文艺作品大量出现，包括“说三分”“三国”等传说或故事开始形成。另外《三国志平话》所述及的关羽，便成为后人所崇拜的关公特征，这部平话的出现，使关羽成为主要的人物形象之一，在其所阐述的鲜明人格特征中，自然反映出人民对其理想人格的推崇与追求。例如“桃园三结义”中，刘备、关羽、张飞“不求同年同月同日生，只愿同年同月同日死”的誓词，以及过关斩将的英勇精神、千里走单骑，还有不忘恩的义气，使关羽成为伸张正义、忠义勇武的化身。这些都是时下人民所向往又难以达到的人生境界。也因为这些理想化的传播，后人对关羽日渐推崇继而信仰、崇拜，增加了他在民间的影响力。即便这些剧情都是传说之言，但关羽的正义是真实的，这点就足以带动社会力量，也成为足以带动民间向关羽致敬的原动力。

关公自身的品质

关公崇拜的形成，不能忽略关羽自身所拥有的内在本质，即关羽的大勇、忠义，使其成为中国历史上唯一的一位百代敬慕、千秋崇奉的武神、武圣形象。英雄崇拜是古今中外皆有的现象，逢乱世出英雄，保家卫国的时代背景和民间寄托，使生而逢时、勇猛无比的关羽成为民间膜拜和崇奉的对象。关羽在世时做了很多为人们所敬佩的事情，并且随着时代的发展逐渐成为流传长久的传说，这是关羽成神的内在条件，同时因为有合适的成神环境，关羽成为信众们心中的偶像，被推崇为神灵，为世世代代的人们所服务。封建社会长期战乱频繁，加之统治者压迫疾苦百姓，老百姓急切渴望过上太平日子，于是他们只能把一丝希望寄托在史上的英雄人物身上以得到些许心灵上的慰藉。关羽被世人称为“万人之敌”“威震华夏”，他的勇猛深受百姓向往。再有，关羽的忠义，作为儒家所强调的美德，顺应了社会各阶层的道德要求，正好符合中华民族团结向上、互帮互助的优良传统，从而使其成为社会共识的楷模、典范，成为一种崇高德行的象征，最终被推上神位，跻身神的行列并具有了出神入化的神格，且千秋烟祀越捧越高，成为一位香火特盛、庙祀无垠的高级神祇。

最终导致的结果是，宋元以来中国封建社会阶级、阶层和利益集团新的分化和演变，急切呼唤着对宋元以前中国封建社会所形成的思想文化观念、伦理道德观念进行改造和重建。这是一个“山雨欲来风满楼”的时代。于是，从北宋初年到清朝末叶的这一千余年间，各种各样的学说、思想和观念，如走马灯般频频出现。从周敦颐、程颢、程颐，到朱熹、陆九渊、王守仁，从张载、陈亮、叶适，再到王廷相、李贽、黄宗羲、王夫之等人，无一不在绞尽脑汁，为宋元以后的社会寻找新的思想方案和精神药方。然而，这些思想家们所阐述的思想和体系，虽然在一定程度上促进了宋元以后中国封建社会后期思想文化的发展；但是，在为宋元以后的后期中国封建社会构造一个统一的道德文化规范或原则方面，却又显得苍白无力。于是，一个美化、圣化和神化关羽的浪潮，便自宋元社会以来应运而生，拍岸而来。关羽这一本具“忠”“义”“仁”“勇”品格的三国名将，在被冷落数百年之后，又被宋元以来的社会各界，渐渐拂去落在身上的历史尘埃，并被涂绘上新的价值线条和观念色彩，通过不断美化、圣化和神化，最后终于上升成为宋元明清社会各界共同礼拜，万民争相效仿的最高道德偶像。

关庙·信众·仪式

关庙

关公故里在山西省运城市解州，解州这个地名的源头是解县，其历史悠久，有近一千零六十年之久。解州这一词是有说法的，据说黄帝与蚩尤大战，蚩尤战败后身首异处，同时在古人眼里，他们是以黄帝大一统作为自己的立场，把蚩尤当作是异类和害物，因此读“解”为“害(hài)”。相关文献记载有：民国版《解县志》载，“庶人作乱者自蚩尤始，毒害天下，黄帝杀之于中冀。蚩尤股体身首异处，故名其地为解，而其血化为卤，则解之盐池也”。沈括《梦溪笔谈》卷三载，“解州盐泽，方百二十里，未尝涸。卤色正赤，在阪泉之下，俚俗谓之蚩尤血”。其中沈括把对蚩尤的歧视推向了一个顶端。

关帝庙是为供奉三国时期蜀国大将关羽而兴建的，已成为中华优秀传统文化的一个重要组成部分。关帝庙与人们的生活息息相关，一座关帝圣殿就是一方水土的民俗民风的集中展示，庙中的关公像就是千万民众的道德楷模和精神寄托，庙中的青石古碑就是一份感天动地的忠义教案。而全球规模最大、级别最高的关帝庙就矗立于解州。关羽遇害以后，相传曾多次“显圣护民”，当地民众官府特建关庙以弘扬圣德。“显圣”虽为民间传说，且不易证实，却表达了历代各族民众对关羽的崇敬之情。关庙在各地有不同的称谓，比如关公庙，关圣庙、关羽庙、关帝庙、老爷庙、结义庙、三义庙等。宋以前，关羽并无独立的祠庙，他一般作为武成王庙的从祀之神。至北宋时，关羽仍与其他将领“凡七十二将”从祀武成王庙。宋朝末年，独立供奉关羽的祠庙已经出现。明朝初定都南京，率先在南京建关公庙。清代对关帝的祭祀仍入京都祀典，属群祀。民国以来，关帝信仰不衰，但因为国家动乱，关庙的兴建远不如前，基本均为前代留存，仅 1914 年北洋政府在醇贤亲王的家庙后寝立关羽、岳飞像，并祭祀关岳，改称关岳庙，是北京现有规模最大、等级最高的关帝庙。另外在一些地方，关帝庙已经与民众的生活融为一体了，比如在北京关帝甚至关帝庙已经与百姓的生活融为了一体，因此关帝庙被当地人赋予更为通俗、简单的名字，如西城区太平桥的“鸭子庙”、自新路的“万寿西宫”、安定门的“红庙”、东直门的“白庙”、朝阳门的“大庙”、民巷胡同的“高庙”、东单的“红庙”、东安门城根的“鉴顶庙”等，都是关帝庙。

随着民众的崇拜与信仰，关帝以德行著称于世，与“文圣人”

孔夫子齐名，被人们尊称为武圣关公。关帝庙广布全国乃至国外。国内著名的关帝庙有：山西运城的解州关帝庙、北京的关帝庙殿、河北承德的皇家关帝庙、安徽亳州的大关帝庙、深圳新安的故城关帝庙等。此外，为了鼓舞戍边将士们的民族精神，旧时在我国的边陲和重要关塞也建了不少的关帝庙。在国外，但凡华人聚居的地方，大都能寻觅到关公文化的踪迹，如美国、日本、新加坡、马来西亚、澳大利亚等国家都建有关帝庙。

解州关帝庙位于山西省运城市盐湖区解州镇西关，是隋以来历代封建最高统治者祭祀关羽的地方，创建于隋开皇九年（589

山西解州关帝庙

年),宋、明时曾扩建和重修。清康熙四十一年(1702年)毁于火灾，经过十余年才修复，面积一万八千平方米，是关帝本庙，被全国关帝庙奉为“武庙之祖”，简称“祖庙”，是现存最早、规模最大的关帝庙。解州关帝庙仿照宫殿式建筑，气势宏伟，富丽堂皇，布局采用了我国特有的中轴对称式的传统风格，是一处保存完好的宫殿式庙宇建筑群。解州关帝庙为关帝本庙，名扬四方，常年香客盈门。春节期间，各地数以万计的信众虔徒纷至沓来，朝拜关老爷，在庙前古柏树上系许愿红绳，烧香祈福。

现在的庙宇建筑基本上是清代遗构，是清朝大兴扩建的结果，庙内保存了大批的明代铸铁文物以及元明两代的铜铸和木雕关公像，也保存了大批明清两代佛道绘画。解州关帝庙北靠盐池，南向中条山，以东西向道为界，分南北两大部分，街南是结义园，主要有结义坊、三义阁、君子亭、莲花池、假山等建筑；街北是正庙，坐北朝南，仿宫殿式布局。庙区由结义园、庙堂、寝宫、东宫、西宫组成，分为南北两部分，北为正庙，南是结义园，正庙坐北朝南，前面是庙堂，后面是寝宫。前院以端门、雉门、午门、御书楼、崇宁殿为中轴线，两侧辅以木牌坊、石碑坊、钟楼、鼓楼、崇圣祠、胡公祠、追风伯祠、碑亭、钟亭和东西长廊等。关帝庙大门口还有国民党元老于右任老先生所题的一副对联：“忠义二字团结了中华儿女，春秋一书代表着民族精神。”这副对联巧妙地将华夏两位圣人囊括其中。关帝庙外的关帝文化广场占地面积就六万多平方米，广场正中间的雕塑寓意着三国时期魏蜀吴“三

山西解州关帝庙内御书楼

足鼎立”，最后达到全国统一，象征着国家昌盛、社会安定。解州关帝庙是中国传统道德文化的神圣殿堂，以其历史悠久、规模宏大、气势非凡而享誉华夏，扬名海外。解州关帝庙庙内建筑精妙绝伦，有石雕《西游记》插图、“八卦藻井”图等，更有题字匾额多处。庙内的八卦楼因楼板中留有八角孔，孔中八角形藻井重叠而上，以一木制八卦图案为顶，因此又名八卦楼，楼高十七点零四米，二层三檐歇山式屋顶，前抱后厦，在清代建筑中难得一见。遇有佳期庙会，八卦楼还可用作乐楼，乾隆二十年（1755年）改八卦楼为御书楼。清康熙皇帝四十二年（1703年）

亲临解州关庙拜谒并御书匾额“义炳乾坤”。除康熙皇帝御书“义炳乾坤”四个大字外,还有现存的“御书楼”为清乾隆更名时原物;楼背面横匾上书“绝伦逸群”四个大字，是诸葛亮对关公的评语，由解州守令言如泗书，书法圆润灵活，极富神韵;楼南亦有匾“万代瞻仰”，笔法刚劲有力。天下关帝庙不计其数，但皇帝亲往祭拜并题词的并不多，因此御书楼不仅提高了关公的神格地位，而且也提高了解州关帝庙的地位，在所有关帝庙中有其独特的价值。2008 年解州关帝庙被列为国家重点文物保护单位、国家 4A 级旅游景区，“关公信俗”也被列入国家非物质文化遗产名录。

在解州，除关帝庙外还有关羽家庙，关羽家庙建在关羽祖宅附近，即今运城市西南二十余公里处的常平村。1986 年关羽家庙被列为省级重点文物保护单位。关公家庙总占地面积约一万五千平方米，建筑布局采用与祖庙相似的“前朝后寝”，讲究中轴布局、左右对称。相传关羽遇难后，家乡父老建立了一座祠堂，来祭祀和追慕他的英武和崇高品德。据相关文献记载，关羽家庙，又称关帝祖祠，创建于隋朝初期，距今已经有一千四百年的历史，到金代形成庙宇。内建圣祖殿，供奉关公始祖（传说为夏代忠臣关龙逢）及关公上三辈祖父母之像，与娘娘殿、金代砖塔并称“三绝”，这在海内外其他关庙中罕有遗迹。据碑文记载：“关帝于灵帝光和二年乙未，愤世嫉邪，杀豪伯而出奔。圣父母显忠遂良，赴金井而身死。至中平元年甲子，里人为帝有扶汉兴刘之举，遂建塔井上。”该塔位于关羽家庙东北之侧，七层八角之砖塔，塔高十五米左右。建立于东汉中平元年（184 年），金大定十七年（1177 年）重修，明清时期又进行了修葺，历经千年风雨，并在明嘉靖年间经受河东地区大地震考验，至今仍矗立无恙。此为“庙中塔”。相传，常平村人于宝行走他乡迷失方向，后遇关公骑马显灵，将其平安送回居处。为报关公恩德，于宝便居住于此地，并每日勤劳打扫庙院，擦拭桌凳，早晚敬香，直至寿终。后人感动于于宝虔诚服侍关灵终生，忠德可鉴，便在庙中建此小庙，内塑其像，以伴关帝，人称“于宝庙”，实为“庙中庙”。

关帝由关羽升华而来，已然成为中华民族的文化符号、精神符号。关帝已是忠义仁勇的化身，对他的崇拜成为人们的一种信仰，而这种信仰日益成为中国传统文化的一个组成部分，因此在运城，除解州关帝庙外，其他各县市几乎都建有关帝庙。闻喜关帝庙同样是人们为祭拜三国时期蜀国大将关羽而建造的，闻喜关帝庙位于山西省运城市闻喜县城西，建于北宋大观三年（1109 年），在元朝大德七年（1303 年）因地震坍塌，至治二年（1322 年）重修，在明朝正德、嘉靖、万历、崇祯年间也都有修建。

据《平陆县志》记载：“平陆关圣庙位于城内西北角，建于元至元年间，明永乐三年重修，嘉靖三十三年生员赵（激）义官姜茂等人继续修建。康熙十一年，知县徐吴锦修。乾隆二十六年有同乡的人重修。”[①] 关于祭祀，据《平陆县志》卷三记载：“雍正

①〔清〕言如泗总修、乾夔典纂修《平陆县志》，民国二十一年石印本，第 109 页。

五年，加封关圣三代为公，光昭公，裕昌公，成忠公，郡县胥立庙后，殿岁三祀。”

稷山关帝庙位于一个高圪塔上，因此，群众就叫它圪塔庙，人们还叫它关帝行辕。圪塔庙位于稷山县西街南疙塔粮油议价公司内，该庙创建年代不详，坐北朝南，二进四合院布局，中轴线上有戏台、献殿、正殿及左右配有厢房等。戏台面阔三间，前檐墙后砌，灰色布瓦盖顶，单檐硬山顶；献殿面阔三间，前后檐墙改制，单檐悬山顶，琉璃脊兽；正殿面阔三间，进深四间，四檩无廊式架构，灰色布瓦盖顶，单檐悬山顶，左右各建有厢房三间，单檐硬山顶。庙西外围墙是一段老墙，南北长三十七米，高三米，墙厚零点六米。庙内存有立于明成化庚子年（1480 年）的《创建献殿碑记》一通，实属难得，价值极高。稷山县圪塔庙应为一座明代建筑，属县级文物保护单位。

万荣县城北门外的关岳庙，正位供奉壮缪侯、忠武王，神牌木主陈设和文庙大成殿相似。从祀名将有张飞、韩擒虎、李靖、郭子仪等武将石像俱东位西向；赵云、贺若弼、尉迟敬德等武将石像俱西位东向。东西位均木主，北为上，陈设如文庙十二哲位。山西省运城市是关羽的出生地，所以在运城各地都修建了关帝庙和关岳庙，目的是为了纪念当年英雄关羽。万荣县关岳庙中主要供奉的不仅是关公的石像，还有南宋名将岳飞的石像，庙中石像都为历朝历代的武将。

除关公故里运城之外，山西省其他县市也建有关帝庙敬奉关公。太谷县有多座关帝庙，现保存较完整的如山西省太谷县北洸乡北洸村中的一座清代关帝庙。该庙是太谷县重点文物保护单位，太谷县人民政府于 1956 年 7 月在此处立碑。正殿内三壁均彩绘壁画，保存较完好，其中左右壁所绘为《三国演义》故事连环画。据乾隆六十年（1795 年）刊本《太谷县志》记载："关帝庙有两个，一个在县东门内路北，至元十一年建，雍正十二年知县王泽沛重修；另一个在南门壅城内，隆庆二年知县初旦建至，国朝康熙年间重修。"另据乾隆六十年刊本《太谷县志》记载，雍正三年加封帝君三代公爵，当时的祖光昭公、祖裕昌公、成忠公在后殿设主供供奉关帝，每年春秋有祭祀，一直到乾隆年间。后来，在春秋仲月上戊日即五月十三日用牛、羊、猪祭祀，以后凡是带三的日子，祀礼都一样。

介休关帝庙位于介休市东大街城隍庙西五十米处，总占地面积八百八十一点四平方米。据《介休县志》（清・嘉庆）记载：创建年代无考，清乾隆五十二年（1787 年）兴工扩建。现存建筑有：照壁、山门、崇宁殿、春秋楼等，均为明清遗构。正殿供奉关羽，东西偏殿分别供奉"五虎上将"其他四人：张飞、赵云、马超、黄忠。20 世纪 80 年代初期被列为介休县重点文物保护单位，现为市文化馆占驻。另据清嘉庆二十四年（1819 年）《介休县志》记载，关帝庙春秋祭最早在东关外二里多，朔望之日烧香，在东边也有庙规，乾隆五十二年知县汪本在西关外修建自己的住宅，于是就开拓扩大原来的旧址，从此以后祭祀行香、观看都到这个

河南洛阳关林

地方了。

其他各省现存的关帝庙，最重要的要数洛阳关林庙和湖北当阳关陵庙。

位于河南省洛阳市洛龙区关林镇的关林为埋葬三国时蜀将关羽首级之地，前为祠庙，后为墓冢，是海内外三大关庙之一，在所有关庙当中独称“林”，是中国唯一的冢、庙、林三祀合一的古代经典建筑。公元 219 年冬，孙权偷袭荆州，关羽退走麦城，大义归天。220 年春正月，孙权害怕刘备起兵报复，将关羽首级送于洛阳曹操处。曹操敬慕关羽为人，将计就计追赠关羽为荆王，

河南洛阳关林关帝像

刻沉香木为躯，以王侯之礼葬于洛阳城南十五里，并建庙祭祀，即今关林，迄今已有一千七百九十余年。明万历二十年（1592 年）在汉代关庙的原址上扩建关林庙，扩建成占地二百余亩、院落四进、殿宇廊庑一百五十余间、规模宏远的朝拜关公圣域，其布局按帝王宫殿建筑而建呈“回”字形结构。关林的建筑布局严谨壮观，庙前有戏台，中轴线建筑依次有舞楼、大门、仪门、甬道、平安殿、财神殿、春秋殿、石牌坊、林碑亭、关林（冢），其他建筑的布设皆沿此线左右对称，错落有致。清康熙五年（1666 年）敕封洛阳关帝陵为“忠义神武关圣大帝林”，始称“关林”，成为与山东曲阜“孔林”并肩而立的两大圣域。雍正八年（1730年）诏改武庙，清乾隆时加以扩建而形成现今的规模。关林是明清时期皇帝遣官致祭、地方官吏和百姓朝拜关公的场所，现为洛阳古代艺术馆所在地。

位于湖北省当阳市的玉泉山关帝庙，庙中供奉关公，相传关羽父子在玉泉山显圣，于是当地人在玉泉山修建此庙，玉泉山麓有石碑：“汉云长显圣处”“最先显圣之地”。关公信仰在很长一段时间内以区域性的文化现象存在，而这一文化现象正是起源于古荆州，刘备占据荆州之后，于建安十九年（214年）调赵云、

湖北当阳玉泉山关帝庙

张飞、诸葛亮等入川，唯留关羽独守荆州，并任命关羽为都督荆州事务，长期镇守荆州一地。建安二十四年（219 年）关羽父子遇孙权伏兵，被擒，落难于当阳，其死后初建之庙便是玉泉山关庙。据《当阳县志》记载，关羽死后，以诸侯之礼安葬。又有明代湖广按察使《义勇武安王墓记》明确记载："距当阳治西五里许，旧有汉义勇武安王祠，王之墓亦在焉。王死于建安二十四年冬十月，以侯礼葬此。邑人祠而祀之，创而随废者，不知凡几。"可以看出，在关羽落难之地，人们对于关公的祭祀早已有之。另外，唐时董挺《重建玉泉山关庙记》中写到，玉泉寺西"有蜀将军都督荆州事关公遗庙存焉"。后世多因关羽冥建玉泉寺之说确定此庙创建于隋开皇年间。具体建于何年，实已无据可考，但史料记载至迟在唐朝以前这里已有关羽祠庙，这无疑是有据可查的第一座关帝庙。每岁清明，乡人相率上大王冢祭拜关帝。

白马关帝庙位于北京地安门外，为皇家所建关帝庙，始建于前燕时期。初名汉寿亭侯庙，后因明英宗朱祁镇梦见关公乘白马而改为此名。此庙面积不大但形制完整：庙坐北朝南，有山门、钟鼓楼、前殿及后殿，是朝廷祭祀关公的场所，后经明成化十三年（1477 年）和清雍正五年（1727 年）两次重修。清乾隆三十三年（1768 年）加封关帝为"忠义神武灵佑关圣大帝"，特准其正殿和大门改用皇家专用的纯黄色琉璃瓦。另据《光绪顺天府志》记载："庙南向，庙门一间，左右各有一门，正门三间。前殿三间，三出陛，各五级。东西庑各三间，殿西有御碑亭，东有燎炉，北有斋室。殿后界墙有三重门,后殿无间,东西庑及燎炉和前殿相同。殿后有祭器库、治牲所。庙门外有石桥。殿、门等均覆绿琉璃瓦,乾隆四十六年,门殿皆易黄瓦,如帝王威仪。每年五月十三致祭。咸丰时御书‘万世人极’牌匾,摹刻颁行。”此庙自民国逐渐衰败,现已失去原貌。

土山镇因其镇中有一座土山而得名,该镇现属江苏省邳州市。这里历来是兵家必争之地。《三国演义》第二十五回“屯土山关公约三事”的发生地就是此处。相传在汉献帝建安五年(200年),曹操不愿刘备坐大,就亲自率兵到徐州征讨刘备。不久曹操大军就包围了邳城,关羽本可以凭借邳州城险要的地形固守阵地,可是他中了曹操的计谋,带兵出城作战时,曹操趁机攻进了邳城,关羽前后受敌,只得退兵把守在土山上。关羽在土山被围困没有可解之法时,就假装投降,他与曹操约定三件事:一是共扶汉室,降汉不降曹;二是确保刘备家眷的安全;三是若知刘备去向,不管千里万里,只当辞去。三者缺一,断不肯降。曹操爱将心切,满口答应,赏赐金钱战马,但关羽始终不为所动,打听到刘备的消息,便挂印封金、过五关斩六将,追随刘备而去。关羽的忠义也就此而生,流传万世。据邳州旧志记载,三国时土山高三十余丈。清康熙年间,山东郯城发生一次地震,后又加之黄河改道,造成邳州城下沉,土山也随之下降。而后的土山仅剩方圆二百平方米、高二十米的山丘露于地面。土山镇有一处关帝庙,始建于明朝天顺三年(1459年),自从建成之后,历经五百多年风雨未曾搬迁。其中的马迹亭，相传有关羽在屯兵土山时的拴马印、磨刀石、马蹄印，甚至张辽劝降时的跪印，都在这里有遗迹。土山关帝庙不仅保留了一些历史遗迹，而且还有不少相关文化的衍生。每年农历九月十三，当地都会在山下举办已流传百余年的关公庙会。届时，周边的民众、商贩都会来此。在民众举行一些祭祀活动之后，也会进行民间最传统的自由贸易，彰显了这里的勃勃生机。

禹州义勇武安王大殿，俗称五虎庙，建于禹州市和登封市交界处的白沙村。这座庙最初是为西汉时候的中郎将灌夫所建，他财大气粗，养有很多食客。在他死后，他的族人修建寺庙供奉他的神像，但是他生前交结奸猾之徒，坑害百姓，在颍川一带民愤很大，所以三国时期，当地百姓就捣毁了他的神像，改塑为蜀汉时的“五虎上将”关羽、张飞、赵云、马超、黄忠之像。关羽是刘备的义弟，在五虎大将中排名第一位。此后，世人就把这座庙称之为五虎庙。关庙分布很广，都是世人名副其实地为关羽修建的，唯独这座庙最初不是为他修建而是由当地百姓赶走了庙的原主，再把关羽和他的四位兄弟请了进去，所以这座庙有它自己的独特之处。一说始建于元至正九年（1349 年），明洪武十九年（1386 年）重修，殿宇三间，进深九间，单檐歇山顶，现保存完好。

山东的关帝庙里有两个周仓，除了持刀的周仓外，其身后神龛里还坐着另一个周仓，而且其相貌也不同于立着的周仓，是白净脸庞五绺须。为何有两个周仓呢？这里面是有说法的。明朝时期，关帝开光，南宋名臣陆秀夫被立神位，因为他是抗元名将，在悬崖边失败之后宁死不降，抱着幼主跳崖殉国，这种精神受到人民的尊敬。同时宋幼主也被附周仓之身而立神位，站在关帝旁，可是宋幼主毕竟是帝，佩刀站在关帝旁不合适，于是人们便想出了两全其美的办法，就是给宋幼主附神的周仓安排个座位，另立个神龛于侧旁,免去了他持刀的职务。等关帝出巡时,备白马一匹，以便出行时代步。但是，后人总感觉帝君座前只有关平一人侍立显得不对称，所以又塑了一个周仓原形，持刀侍立。这就是俩周仓的来历。

关帝格萨拉康是一座藏传佛教的关帝庙，位于布达拉宫以西约五百米处的巴玛日小山岗上，坐北向南，依山而建。此庙是由清代著名将领福康安平息廓尔喀入侵后，为提振士气团结军心而建立的，殿内供奉关公塑像，红脸，手持大刀，骑枣红色战马。关帝格萨拉康是一座寺庙，但又不单单是一座庙宇，是民族的一个认同符号，更是一面树立在拉萨各族人民心中的旗帜，他见证了中华各民族团结抵御外族入侵的历史，象征着民族大家庭的和谐和民族大团结的力量，具有一定的历史和文化价值。

国外相对比较成熟的关帝庙有日本的横滨关帝庙和美国纽约关帝庙。

横滨关帝庙在日本是一座颇具影响力的关帝庙，始建于明治六年（1873 年），其后连遭 1923 年日本关东大地震和 1945 年二战中美机大空袭而两次损毁，又在 1986 年遭受火灾而全部烧毁，在这场火灾中令人感到奇怪的是仅剩关公神像完好无恙，所以侨胞们都认为这是关公在“显灵”。于是在 1987 年 7 月组成横滨关帝庙建设委员会，并且动员当地的华人以及华侨社团、企业和金融机构等进行捐助，着手进行横滨关帝庙的再建工作，这一响应得到了日本各地华侨的支持。经过三年的团结合作，1990 年屹立于中华街的关帝庙建成。新庙采用了闽南庙宇的样式，占地面积达二百八十八点四五平方米，最终于 1990 年 8 月落成，这个关帝庙凝聚了中国传统建筑的精粹，并于 1991 年 10 月获得日本神奈川建筑艺术优秀奖。该关帝庙大殿供奉关公塑像，两侧的关平和周仓分别拿着关公金印和大刀，祭坛两侧分别是观音娘娘和地母娘娘。每年农历六月二十四在关公诞辰之际都会举行大型庙会，还舞龙舞狮，每到除夕和元旦，这座关帝庙还会整夜开放。横滨关帝庙建设委员会撰文称：“关帝庙，已成为联接华人、华侨与祖先儒释道众神的场所，成为联接中国传统文化与故乡的场所，成为许多人心心相印的地方。”

美国纽约关帝庙位于美国纽约华埠坚尼街九十四号。1993 年，庙宇筹备阶段拟定了以下的建庙宗旨：“弘扬以关公为表率的、儒释道三教融合的中华传统文化，净化人心，教化社会。提倡助人为善，广结善缘，积极参与社会慈善事业，服务侨社新老移民。”1994 年二月建成之初，有来自世界各地的两千多名华人华侨欢聚于此，举行了关帝圣像开光盛典。关帝身高五米九，身着

湖北荆州关帝像

龙袍，左手捋长须，右手持《春秋》，端坐于神龛之上，神龛之上悬有一“义节千秋”的金匾，十分威仪。该庙建成于当年的农历六月二十四日，当地华人在此举行了纪念关公诞辰的仪式。自此关帝庙活动不断，香火日渐昌盛。2010 年 7 月间，美国纽约关帝庙总顾问梅贤添一行到荆州关帝庙交流访问，期间双方互赠礼物。梅贤添称：“关公的忠义仁勇精神在当今仍有现实意义，关公文化也急需进一步传承和发扬。”

信众

中国过去是一个信仰多神的国家，民间信仰的神灵难以数计，但是关公却是极少数能够在全国范围内受到崇拜的神灵，正是民间信仰使得关羽的足迹遍及寰宇。在民众的观念中，关公是战神、保护神、降魔除妖神、武财神和义气神，体现了一神多职的特征，其中降魔除妖和提倡友信义气的职能使其成为神中之帝，其职位之高，本领之大，信众虔徒之多，让其他神灵望尘莫及。虔徒、信众言说中的关公是财神、保护神和万能的神祇，他能够祛病除灾、驱逐鬼魅，主持公道正义，保佑信众生意兴隆、财源茂盛、平安吉祥，赐予人们福寿富贵。在诸神之中，他不仅神武灵验，而且出自民间，也格外显得可爱亲切。关公在由英雄而被封绶为王、帝、圣的过程中，被人们不断神化，升格为神，人们对他的神化和崇拜，体现了在自然、社会领域，面对强大、异已、难以克服战胜的外部力量，个体的弱小、无助，以及期盼借助神力超越自我、战胜困难险阻的愿望和生存意志。因此，关公信仰的群体比较广泛，除了农民之外，其他群体如工商贸易群体、武林江湖甚至官方等也都信奉关公。

农民之所以信奉关公，其主要原因是：第一，关公本身是天上的龙降世，而龙是分管兴云布雨的神，农业生产特别需要风调雨顺，所以要祭拜他；第二，关公是农民出身，深知农民的苦楚，体恤农民的艰辛，有求必应，所以要祭拜他；第三，关公主持正义，能驱邪降魔赶鬼，是一位全能神，最符合农民的信仰需求。所以中国的农民对关公的信仰非常虔诚，亲切地称他为“关老爷”，一般农家在中堂要挂关公画像。在历史上的农民起义中，也有组织者利用关公的“义气”精神来达到组织队伍、鼓舞士气的目的。如明末高迎祥、李自成、张献忠为领导的农民起义、太平天国起义，都十分崇拜关羽。

商人崇奉关公是因为他是武财神，关公封印挂金，不取不义之财，又神威无比，不仅可以翦除不义之徒，保你平安发财，而且可以保护已发之财。

渔民捕鱼、猎人狩猎都是集体合作的劳作，需要团结互助，否则不仅收获受影响，有时候还会有生命危险，所以他们要祭供关公，希望每个人都能像关公一样讲究义气。

海内外工商贸易群体，诸如商贾、手工艺人、作坊场主等把关公视为能够护佑人们工商贸易的财神形象。由于关公的忠肝义胆、诚实守信，他由此成为工商贸易的生意场上监察商家买卖交易、合作伙伴诚信公正，庇佑人们商业贸易的监护神。这一言说语境主要彰显的是关公的诚实、信义精神，这种重契约、重然诺的诚信精神是商贸职业道德的至高境界。因此，无论是富商巨贾，还是小商小贩、作坊场主，都以关公为典范楷模，标示自己的从商品德、约束商贸双方的行为举措，以期盼能够生意兴隆、事业发达、财源茂盛。

武林江湖中的武林好汉、江湖英雄，义结金兰的兄弟把关公看作是一个尚武重义的英雄侠士，“桃园三结义”的故事是这一群体的言说符码，“不能同年同日生、但愿同年同日死”，“同甘苦、共患难”，“为朋友、为兄弟两肋插刀、赴汤蹈火、万死不辞”，是这一群体的行为准则和言行标杆。由此体现的是人们在江湖世界、险恶社会和生死之境，抱团结伴、抵御凶险、战胜仇雠的心理诉求。

官方意识形态语境中的信众和虔徒主要是帝王官吏、文人学士、士大夫阶层，他们把关公崇奉为爵显位尊、德昭千秋的侯、王、帝、圣。历史上的关公由于其对汉王室与刘备的忠勇大义，以及广受人民大众的喜爱、崇敬和膜拜，自宋代之后，历代统治者不断予以加封。从历代帝王封绶的称号可见，统治者认同、推崇关公品格与美德，从宋代最为简单的“义”“勇”开始，到清代忠、义、仁、勇、神武兼具，关公可谓封建时代英雄的完美诠释和典范，借此所表达的则是“武安”“护国”“保民”“灵佑”“绥靖”“宣德”等统治者以及国家的利益和愿望诉求。

中国以儒家为主、释道为辅的民族传统文化，与西方人本文化、基督教文化、科学文化为核心内涵的文化传统不同，其立足之本是对于人性善的体认，所谓“人之初、性本善”即此体现，由此决定了统治者把德作为治国之道，以德治国、推崇至善几乎成为历代统治者的不二选择；树立文圣、武圣、节妇、烈女等作为全民效仿的楷模、道德的典范，则自然成为其治国之策。在官方的主流意识形态中，关公的忠义美德不仅是君臣之道、人伦之道，做人交友、修身治国，也皆可供上至官吏、将帅，下至百姓、商贾等国人学习效仿。因之，关公不断被历代统治者封敕加持，也盖因于此。

需要强调的是，不同信众、虔徒所凸显的关公品格尽管有所侧重，如商贾崇信、江湖重义、帝王尚忠等等，历史人物身上忠义、神勇的基本品格则是其性格的核心元素，终而使关公成为近乎完美的中华民族文化中的道德化身，成为博大精深、源远流长的中华民族文化美德的符号和载体；另外，由于关公神格的高贵，神职的多样化，神性的正派，所以在普遍信仰心理支配下，关公受到中国社会各阶层的热切推崇，每个不同身份的人都可以从关公身上找到他所需要的“精神安慰”和寄托，找到他所要追求的“理想和愿望”，得到他所需要的任何“帮助”。

仪式

祭祀典礼是统治王朝关于祭祀的礼仪规定和典章制度。对关公的信仰和祭祀，南北朝至唐朝是形成期，宋元是发展期，明朝是盛行期，清朝是鼎盛期，其影响可与尊孔相比。由是，历朝历代的关公信仰都有所发展，且都体现在了各地关帝庙的祭祀中，有些祭祀日期是官方规定，有些则是约定俗成。关公从宋代开始被官方纳入祭祀的范围，而且愈演愈烈。在此之前，真宗大中祥符年间虽有“关公解池斩妖”的传说，史籍里也有真宗皇帝派官员到当阳玉泉寺祭祀关公的记载，但没有形成定制，祭祀也不规范。明代，将关公由“从祀”升级到“专祀”，祀典也日益隆重。明代的京师北京和应天府南京每年的四季之初、岁末除夕和五月十三日，皇帝都要派遣专司礼仪的太常寺官员前往解州关帝庙祭祀关帝，拜祭的礼品亦有严格定数，不得违犯规制。国有大事和朝廷有重要活动，都要派官员到关帝庙向关帝报告。到清朝，达到登峰造极的地步。清朝统治者集历代祀典之大成，对关公祭祀的等级、祭器、祭品、祭期、斋戒、祝版、习仪、祭文、乐章等等都做了严格的规定，既体现了人们对关公的敬仰崇拜至极，又体现了封建文明的最高峰，同时对发扬忠、义、仁、勇、信精神具有重要意义。祭祀现场主祭台由关公塑像、佛龛、祭坛和舞台四个部分组成。祭祀一般分为三个部分，分别为礼仪祭祀、朝圣祭祀和祈福祭祀。解州关帝祖庙和常平关帝家庙每年的农历四月初八、五月十三、六月二十四、金秋大祭及西古村的关公庙会即是集祭祀关帝、商贸活动、物资交流、文化娱乐为一体的群众集会，其影响波及周边的陕西、河南等省。

解州是关公故里，地方相传，农历四月初八为关公的受封之日，六月二十四为诞辰，九月十三为忌辰，这三个节日都没有明确的历史依据，但已相沿成习。三个节日中以四月初八最受地方重视，尤其是在朝廷没有核定春秋二祀之前，更是如此。据清嘉庆版《关圣帝君圣迹图志全集·坟庙·解州崇宁宫》记载：每岁四月八日传帝于是日受封，远近男女，皆到击羊豕，伐鼓啸会，俳优巫现，舞燕娱悦。秦、晋、燕、齐、汴、卫之人肩击，相与试枪棒、校权勇，倾动半天下。[①] 在解州关帝庙，每年的农历四月初八和九月十三都是祭祀的节日，通常农历四月是麦子即将丰收的季节，因此老百姓们也对关公寄托了一定的期望，在这一天他们虔诚地祭拜关老爷，求关老爷保护，赐予好的收成，为开镰收割做好充分的准备。四月初八关老爷巡城、迎神赛会的活动迄今为止已有一千余年的历史，这一活动冲破了旧时传统的等级制度和伦理规范，淡化了人间尊卑贵贱的界限。祭器，按光绪三十二年（1906 年）的定制为：爵三，笾、豆十，铏、簠、簋各二，登、篚、俎、尊各一。而文庙为笾、豆十二，相差无几，且祭器均范铜为之。祭品，按光绪三十二年的定制为：笾十，盛形盐、藁鱼、枣、栗、榛、菱、芡、鹿脯、白饼、黑饼；豆十，盛韭菹、醓、菁菹、鹿醢、芹菹、兔醢、笋醢、鱼醢、脾析、豚拍；铏二，盛和羹；簠二，盛稻、粱；簋二，盛黍、稷。牲牢用太牢：羊一、牛一、豕一。而当下每年四月初八的关公祭祀活动主要有：一、祭拜关帝、迎神起驾；二、关帝巡城、体民福音；三、接驾安神、敬香祈福；四、设宴款待、祝福好运。

民间传说农历五月十三为雨节，相传为三国时期蜀汉名将关羽的生日，故俗称“关公诞”，这天又叫“关公单刀赴会日”“关公磨刀日”,民间有“大旱不过五月十三”的民谚,这一天多降雷雨，

---

① 闫爱萍《关公信仰与地方社会生活——以山西解州为中心的个案研究》，山西人民出版社，2012 年版。

相传雷声是关老爷磨刀的声音，那雨水便是关老爷的磨刀水。若“关公磨刀日”恰逢降雨，称为“关老爷磨刀雨”，下雨便是吉兆，雨越大越好，代表全年将会风调雨顺，国泰民安。是日，很多地方都会举行隆重庆典，祈求关公保一方平安；但如果这一天不下雨，便是不吉之兆，预示着今年可能会有“自然灾难侵袭”或者“社会动荡不安”的说法，由此，民间以它来作为观察天气迹象和社会动态的参照物。现在“关公磨刀日”也已经成为民间的传统节日。据说，关公能够抵御灾难，除去患害，每逢农历五月十三日，各地都举行“关帝庙会”和演戏来祭祀关羽。

关公诞辰有两种说法，一是五月十三日，如玉泉山关庙当地的人们认为关羽及其子关平皆生于五月十三日，是日是庙会的正日子，远近人家都来朝拜祭祀，不论城乡都要演戏和进行祭祀和演艺活动。清朝朝廷每年五月十三日都用太牢祭祀，据清富察敦崇《燕京岁时记》说：“十里河关帝庙在广渠门外，每至五月，自十一日起，开庙三日，梨园献戏，岁以为常。”而在关老爷的故里山西运城，民众普遍认为关老爷的诞辰日是农历六月二十四日，因此每年是日会在常平家庙举行为期五天的盛大关公庙会敬拜活动（从农历六月二十一日至农历六月二十五日），备就活猪牛羊三牲、五果、五谷等祭品，于关老爷生日当天进行关帝诞辰祭祀祈福法会，在世界最高最大的八十米高的关公圣像前举行祭拜祈福活动、地方戏演出及关公系列产品展销活动等。活动期间海内外广大信众虔徒、关氏后裔及社会各界人士尤其是运城市及

山西常平关帝家庙

附近县城的居民、周边各村的农民香客和专门从福建、台湾等地赶过来的信众齐聚关公故里常平村上香祈祷，庆祝关帝诞辰，祭祀关圣帝君，规模盛大、场面壮观。除关老爷家乡的祭拜活动，国内其他关帝庙也都在这一天为关老爷庆生，六月二十四祭关帝，梨园献戏，年年如此，场面热闹非凡。

金秋大祭又称“仿古祭祀关帝乐舞表演”，于1992年10月5日在解州关帝庙首次举办。拜谒者在解州关帝庙、常平村关圣家庙和关帝祖茔祭拜。金秋大祭仿明代祭关规范，结合运城当地民间祭祀传统，设祭坛、备三牲、鸣古乐、着古装，祭祀典礼共十四项仪程：鸣钟、迎神、行礼、奠玉帛、上香、进俎、行初献礼、

金秋大祭

读祝文、行终献礼、饮福酒、送神、望燎、献艺、礼毕等。祭品用古祭最高的太牢规格（整牛、整猪、整羊）；祭祀乐器有编磬、笛、管、埙、笙、琵琶、筝、鼓八音；所奏曲牌依明代所用的“中和、宁和、寿和、豫和、熙和、安乐”六和之曲谱就；所献舞蹈亦效仿明时“武功之舞”和“文德之舞”。祭祀活动以其祭祀乐器、乐词曲牌、献艺舞蹈等内容再现了关公春秋大义、矢志不渝、忠义仁勇的精神。近年来“金秋大祭”于每年的公历 9 月 23 日举行，前来参加国际关公文化节——“金秋大祭”的海内外华人、港澳台信徒以及各地游客数不胜数。他们不仅在乐舞表演中大饱眼福，还满足了自己对关帝崇敬之情的心理寄托。

西古村关公后裔的祭拜。人们一直将西古村称为关姓祖居、关族之根，西古村现存有古籍版本的《关氏家谱》。西古村位于运城市盐湖区北相镇北边，涑水河岸，是关公故里关氏后裔中最为古老和庞大的嫡亲集居地，关姓占全村人口的百分之八十。历史上把西古村称为安邑古村、解梁常平古村、解县古村，又名圣裔庄，“圣裔庄”的意思是关圣后裔居住村庄。早先，在西古村的南城门楼上刻有村名圣裔庄，北城门楼上镶有关圣后裔牌匾。清朝年间，村东建有一座规模宏伟的“刘关张”结义庙，人称古村大庙。庙东为东古村，庙北为北古村，因本村位于庙的西侧，所以叫西古村。过去，每逢清明时节，西古村的关姓后代都要选派“关少爷”抬着食箩，前往家庙祭祀。家庙里还有这样一个讲究：必须由“关少爷”（实际是现在关姓的长者）为关公敬过头炉香火后，其他人才能烧香磕头。而当前，山西运城的关氏后裔成立了宗亲联谊会，从 2012 年至今，每年清明当天，关氏后裔宗亲联谊会代表团都在盐湖区安邑镇关姓始祖夏大夫关龙逢墓前、常平关帝家庙和解州关帝祖庙举行隆重的祭祖活动，以缅怀圣祖、虔诚感恩。

关羽由侯而王、由王而帝、帝而圣、圣而神，作为一个历史形象和文化符号，他是义气的象征，是历史上唯一被儒释道三家供奉的人物，对于生意场上的人来说重视诚信，祭拜关公可以保佑他们财源广进、生意兴隆；他是战神，保护神，可以保佑平安，驱鬼降魔。当下，香客们则越来越看重关公作为“财神”的角色，信众虔徒们怀着一颗虔诚的心来祭拜，所谓心诚则灵，以表达真正意义上的敬重关公。

每逢关公庙会，游客云集，人物荟萃，经商的、卖艺的、开店的、唱戏的，七十二行各显神通。除了传统祭祀规定的祈福活动、祭祀仪式之外，丰富的传统文化展示和经济交流等活动，赋予了庙会浓厚的民俗特色。且活动内容一年比一年规模大、内涵深，既有利于推动当地经济对外交流和传播关公文化，又有助于促进关帝庙对外的影响力。

关帝签，又称“圣签”，指关庙的签。信徒奉祀关公，除焚香礼拜、致敬输诚之外，抽签问卦也是重要途径。世传“关帝灵签”即为通神之主要媒体。此风俗其实源自北京，由来已久。明末刘侗记载了北京正阳门关公庙的抽签情景。善男信女，队进队出，虔诚求签。清初王士祯《池北偶谈》也称：“京师前门关帝庙签，夙称奇验。”并且清代时候的关帝灵签不仅比明代更加通俗明了，而且还增加了一些典故、天干、占验等新形式。随着各民族间宗教文化的交流传播和全国范围内关帝庙的兴建，这种抽签算卦的宗教文化也传播到了我国少数民族地区。现在此风俗已随正阳门关庙的消失而光景不再。但在山西运城解州关帝庙和常平家庙，关帝灵签依然盛行。

元宝馒头是关公巡城中所特有的贡品之一，小麦制成，实心，其造型像元宝，民间称为元宝馒头。民间把关公敬为司命禄、佑科禄、招财进宝、治病除灾、驱邪避恶的“万能之神”，又把关公称为武财神、行业神和全能保护神。关公以“义”著称，商家取其“以义为利”即以“义”达到赢“利”的目的。所以在贡品中所特有元宝形状的馒头，寓意为求财。

绕红绳，是民间民众对子孙后代寄予美好愿望的一种祈福行为，多见于庙宇内有象征保佑健康平安的古树上。以常平村家庙内的龙虎柏为例，民众在龙虎柏上顺时针绕三圈红绳，为男孩祈愿在龙柏上绕，为女孩祈愿则在虎柏上，然后取所缠红绳一段做成项圈、手圈、脚环之类戴在孩子身上，便称其为“认干爹”，意为将自己孩子认到关公膝下，保佑孩子健康平安，洪福齐天。历经多年流传与演变，当地及附近民众无论求子还是为子女求学，求平安或者还愿都会来此绕红绳。民间绕红绳的时间大多在关公生日，也就是每年农历六月二十四，或者每年的四月初八关老爷巡城日，也有一些人会在初一、十五来这里绕红绳祈福还愿，这种寄予美好愿望的祈福行为与关公信仰紧密相连。

关公戏又叫“红生戏”“红净戏”“老爷戏”，是梨园行的一个特指称谓，即以关羽为主角和以关羽故事为题材的戏，以难演著称。关公戏作为中国戏剧中独具特色的戏剧样式，是中华优秀传统文化的瑰宝之一,千百年来长盛不衰，不但剧目众多，而且表演程式、唱腔风格以及前后台的演出习俗都别具一格，最早出现而且影响最大的关戏是关汉卿所创作的元杂剧《关大王单刀会》。[①]过去的关戏中普遍把关羽神化,从出场的“神圣不可侵犯”到舞台演出中的各种规范，如青龙偃月刀只可以举着，而不能舞，甚至必须举正不能举歪，俨然一副偶像气派。可见当时人们的思想迷信对戏剧产生了很大影响。其后王鸿寿先生在关戏改革中着力于将神变成人，塑造成古代的英雄形象，还根据剧情的需要，创造出舞刀、趟马、亮相等不少舞蹈动作，还改揉脸为勾脸。按行当说，关羽本是红生应工，为了使表演更加精彩，必须糅合文老生、靠把老生、架子花脸和长靠武生的东西，把这四个行当的表演化到红生一个行当里，这才够火候。后衍生出“老生派”“河南派”“陕西派”“关东派”等众多门派，丰富了关戏的演出，深化了人们心中的关羽形象。

在解州关帝庙附近有很多销售关公圣像的实体店铺，信仰关公的各界人士会根据自己的需求来此地请关公像。关公像的类型分为开光和不开光两种，圣像开光有三种形式：第一种是店铺经营者在解州关帝庙或者家庙请道士开光；第二种是由店主请庙内的道士到店铺内开光；第三种是顾客将圣像带回家请当地有名望的道士开光。开光仪式分为诵经和开眼两个部分，开眼即用白酒、猩红、朱砂混合而成的颜料将圣像的眼部点红。开过光的圣像需要用红布包好方可请回家，不开光的用简单的盒子装起来即可。常见的关公圣像有三种造型:骑马造型、站立持刀造型和夜读《春

① 裴艺之、卫爱良《关公研究》，《关公文化研究会会刊》，第 5、6 期合刊，第 117 页。

秋》造型，材质有青铜、红木、合金等。商人热衷于请站立持刀的圣像，以期生意红火；仕途之人一般请夜读《春秋》圣像，祈愿仕途顺利；近年来也有家长为学生请圣像，祈福孩子能够学业有成，给孩子请的圣像一般都会带文昌塔和笔筒。

除山西运城解州关帝庙和常平家庙的庙会活动之外，国内其他各省份也举办内涵丰富、意义独特的活动以祭拜关帝、弘扬源远流长的关公文化和内涵深厚的祈福文化。

每逢新春之后、元宵节前，在安顺农村随处可以见到一种农民自编自演世代相传的“地戏”。在露天平地上，演员头顶脸子，面罩青纱，背插靠旗，手执兵器，穿着简单的布袍或战裙，时而角逐开打，在铿锵的锣鼓伴奏中，靠旗摇动，雉尾摆动，非常热闹。人们跳地戏主要是为了驱邪禳灾、娱人娱神。地戏是在“关公出巡”时的一种表演形式，主要形式是唱和舞。唱的时候不分行当，不分男女声腔，只分男女角色，剧中角色一边说一边唱一边交代剧情。舞，实际是打，表演的是战斗场面的对打格斗。一般一出地戏讲唱一个完整的战争故事。头戴面具是地戏演出的重要特征。主要目的是教育子孙不要忘记祖先的光荣，不要忘记以武艺传家的传统，以防祸乱。①

安顺“屯堡村寨”举行的祭关仪式从早上六点左右开始，关帝庙里锣鼓声起后，两名锣手从庙中走出，一左一右沿街敲锣，

① 谭运长《说关公》，上海文化出版社，2010 年版。

关公夜读《春秋》圣像

告知大家关公即将出巡。然后四个人抬着一个大托盘，托盘中装一头大红花装饰的大肥猪，沿街展示后，抬到关帝庙举行公祭。关公出巡中午开始，出巡的关公端坐在四人抬、由十八人手捧红纸包的香做前后左右保护的轿中。出巡队伍的最前面是十八面龙凤彩旗，接着是仪仗队，仪仗队高举着肃静回避牌、大刀、罗伞和写着关帝各种封号的牌子共十八块，接着是彩船队、腰鼓队、秧歌队、花灯队、地戏队、彩车队等，这些队伍皆边舞边走。队伍行至每户门前时，都要高喊一声“高升”，然后停下轿子，由主人家燃放鞭炮香烛，虔诚祈祷。当关公到达神台的时候，就开始演地戏，地戏演完也就宣告祭关仪式的结束。

在洛阳一带则是以关爷社火的形式来祭祀关帝，祈福禳灾。几乎各村都有关爷社，由关爷社来具体操办。关爷社的领导人是在香火会会首的科层制基础上选举出来的，他们轮流执掌关爷社。社里备有鼓乐等各种器具，其所用资金，包括举办社火的费用，均由村民集资和各地方名流捐资相助，且在关爷社举办完活动后，所有的账目都必须向人们公开。在庙会的这一天，太阳刚出来，关爷社就会登场，表演有舞狮子、二鬼板跌、唢呐、旱船等各种民间艺术，这些活动一直到深夜才结束。另外还有关爷社邀请的戏班子、唢呐班子进行比赛，一直到第二天的清晨，非要争个你高我低，不分输赢不罢休。由此可见，关爷社也是庙会活动的一个积极组织者和倡导者。

三

文献与遗迹景观、考古

文献

关羽是史上真实人物，但历史文献对其记载甚少，有关关羽的历史文献主要散见于从魏晋南北朝直至民国时期历朝历代的正史、方志之中，且主要见诸陈寿《三国志》《裴注三国志》及各朝各代的史志、庙记及碑刻。

《三国志》

有关关羽的历史文献最早见于西晋著名史学家陈寿的《三国志》。《三国志》介绍了关羽的生平，历数了关羽一生的主要经历，如与刘备、张飞的君臣兄弟之情、解白马之围、报曹操知遇之恩、刮骨疗伤、水淹七军、拒婚辱孙权至败军殉难等重要事迹——

关羽字云长，本字长生，河东解人也。亡命奔涿郡。先主于乡里合徒众，而羽与张飞为之御侮。先主为平原相，以羽、飞为别部司马，分统部曲。先主与二人寝则同床，恩若兄弟。而稠人广坐，侍立终日，随先主周旋，不避艰险。

建安五年，曹公东征，先主奔袁绍。曹公禽羽以归，拜为偏将军，礼之甚厚。绍遣大将（军）颜良攻东郡太守刘延于白马，曹公使张辽及羽为先锋击之。羽望见良麾盖，策马刺良于万众之中，斩其首还，绍诸将莫能当者，遂解白马围。曹公即表封羽为汉寿亭侯。

初，曹公壮羽为人，而察其心神无久留之意，谓张辽曰："卿试以情问之。"既而辽以问羽，羽叹曰："吾极知曹公待我厚，然吾受刘将军厚恩，誓以共死，不可背之。吾终不留，吾要当立效以报曹公乃去。"辽以羽言报曹公，曹公义之。及羽杀颜良，曹公知其必去，重加赏赐。羽尽封其所赐，拜书告辞，而奔先主于袁军。左右欲追之，曹公曰："彼各为其主，勿追也。"

从先主就刘表。表卒，曹公定荆州，先主自樊将南渡江，别遣羽乘船数百艘会江陵。曹公追至当阳长阪，先主斜趣汉津，适与羽船相值，共至夏口。孙权遣兵佐先主拒曹公，曹公引军退归。先主收江南诸郡，乃封拜元勋，以羽为襄阳太守、荡寇将军，驻江北。先主西定益州，拜羽董督荆州事。

羽闻马超来降，旧非故人，羽书与诸葛亮，问超人才可谁比类。亮知羽护前，乃答之曰："孟起兼资文武，雄烈过人，一世之杰，黥、彭之徒，当与益德并驱争先，犹未及髯之绝伦逸群也。"羽美须髯，故亮谓之髯。羽省书大悦，以示宾客。

羽尝为流矢所中，贯其左臂，后创虽愈，每至阴雨，骨常疼痛，医曰：“矢镞有毒，毒入于骨，当破臂作创，刮骨去毒，然后此患乃除耳。”羽便伸臂令医劈之。时羽适请诸将饮食相对，臂血流离，盈于盘器，而羽割炙引酒，言笑自若。

二十四年，先主为汉中王，拜羽为前将军，假节钺。是岁，羽率众攻曹仁于樊。曹公遣于禁助仁。秋，大霖雨，汉水泛溢，禁所督七军皆没。

禁降羽，羽又斩将军庞德。梁、郏、陆浑群盗或遥受羽印号，为之支党，羽威震华夏。曹公议徙许都以避其锐，司马宣王、蒋济以为关羽得志，孙权必不愿也。可遣人劝权蹑其后，许割江南以封权，则樊围自解。曹公从之。先是，权遣使为子索羽女，羽骂辱其使，不许婚，权大怒。又南郡太守麋芳在江陵，将军（傅）士仁屯公安，素皆嫌羽（自）轻己。羽之出军，芳、仁供给军资，不悉相救。羽言“还当治之”，芳、仁咸怀惧不安。于是权阴诱芳、仁，芳、仁使人迎权。而曹公遣徐晃救曹仁，羽不能克，引军退还。权已据江陵，尽虏羽士众妻子，羽军遂散。权遣将逆击羽，斩羽及子平于临沮。

除此之外，《三国志》亦在其他人的评传中对关羽生平有所涉及，以进一步记述关羽之行迹。如《三国志·蜀书·诸葛亮传》《三国志·蜀书·关张马黄赵传》《三国志·魏书·程昱传》《三国志·魏书·郭嘉传》《三国志·魏书·董昭传》《三国志·魏书·杨大眼传》

《三国志·吴书·吴主传》《三国志·吴书·周瑜传》《三国志·吴书·鲁肃传》等都记载了作为勇武猛将的关羽之行迹，现选述其中主要历史文献著录之。

在《三国志·魏书·程昱传》中，亦载程昱在分析形势时谓："刘备有英名，关羽、张飞皆万人敌也，权必资之以御我。"《三国志·魏书·董昭传》载，"关羽围曹仁于樊时，孙权派遣使节告诉曹操，欲从后击关羽，曹操询问众人之见，董昭评价关羽曰：'关羽为人强梁，自恃二城，（指关羽所守之公安、江陵二城）守固，必不速退。'曹操深以为然，并命令徐晃将孙权之书射进樊城之中和关羽军中，结果城中士气倍增，关羽何去何从，犹豫未决，孙权军至，夺得二城，关羽败退而走。"

另有，《三国志·吴书·吴主传》："建安二十四年十二月，璋（潘璋，孙权部将）司马忠获羽及其子平、都督赵累等于章乡，遂定荆州。"

《三国志·吴书·周瑜传》："（周）瑜上孙权疏曰：'刘备以枭雄之姿，而有关羽、张飞熊虎之将，必非久居为人用者'。"

《三国志·吴书·鲁肃传》："肃往益阳，与（关）羽相拒。肃邀羽相见，各驻兵马百步上，但请将军单刀俱会。"

《三国志·蜀书·诸葛亮传》："关羽、张飞等不悦，先主解之曰：'孤之有孔明，犹鱼之有水也。愿诸君勿复言。'羽，飞乃止。"

《三国志·魏书·杨大眼传》："（杨大眼）当世推其骁果，皆以为关、张弗之过也。"

《三国志》由西晋陈寿所编，为官修正史中记载三国史实的著作之一，就作者所处年代而言，陈寿出生于公元 233 年关羽所效忠的蜀汉政权之时，距关羽之死的公元 220 年，仅隔十三年左右，其对于故国文献向来留意，在撰著《三国志》之前，曾撰《蜀相诸葛亮集》，且“善叙事，有良史之才”，所以我们完全可以相信陈寿本人在世时便能接触到许多见证关羽生平事迹的当事人等，也完全有理由相信他对于关羽各方面的描述在史实材料方面应无隐讳。同时，陈寿以为人正直而著称，是一个敢讲真话敢写真事的史官，所以我们大致可以确定《三国志》之所载所述史实的可靠性。然值得指出的是，陈寿《三国志》比较简约，写得太少记事过简，貌似可说可不说的都没说或三言两语便略过，以至于一件事情要综合起来看几个地方的史料才能完整通晓，但惜字如金的陈寿《三国志》是极为可靠的纪传体史书，因此我们完全有理由相信其中有关关羽的历史文献是可靠的真实可考的。

《裴注三国志》

在陈寿著《三国志》一百三十余年后，刘宋文帝命裴松之为《三国志》作注。裴松之注是南朝史学家裴松之对《三国志》进行的大规模批改与注解，在注史之前广收史籍，比勘异同，考其正误，文字方面是陈寿文字的数倍，仅《三国志·蜀书·关羽传》就增加了多条资料，无怪乎宋文帝道“此为不朽矣”。正是幸而有裴松之为之做注，我们今天才能了解有关三国的许多重要事情，所以后人读《三国志》，无不将裴注与原文合为一体进行编读，综合而言,《裴注三国志》的可靠性也是很高的。原文详录于下。(画线部分为“裴注”补充内容)。

关羽字云长，本字长生，河东解人也。亡命奔涿郡。先主于乡里合徒众，而羽与张飞为之御侮。先主为平原相，以羽、飞为别部司马，分统部曲。先主与二人寝则同床，恩若兄弟。而稠人广坐，侍立终日，随先主周旋，不避艰险。蜀记曰：曹公与刘备围吕布于下邳，关羽启公，布使秦宜禄行求救，乞娶其妻，公许之。临破，又屡启于公。公疑其有异色，先遣迎看，因自留之，羽心不自安。此与魏氏春秋所说无异也。先主之袭杀徐州刺史车胄，使羽守下邳城，行太守事，魏书云：以羽领徐州。而身还小沛。

建安五年，曹公东征，先主奔袁绍。曹公禽羽以归，拜为偏将军，礼之甚厚。绍遣大将（军）颜良攻东郡太守刘延于白马，曹公使张辽及羽为先锋击之。羽望见良麾盖，策马刺良于万众之中，斩其首还，绍诸将莫能当者，遂解白马围。曹公即表封羽为汉寿亭侯。

初，曹公壮羽为人，而察其心神无久留之意，谓张辽曰：“卿试以情问之。”既而辽以问羽，羽叹曰：“吾极知曹公待我厚，然吾受刘将军厚恩，誓以共死，不可背之。吾终不留，吾要当立效以报曹公乃去。”辽以羽言报曹公，曹公义之。傅子曰：辽欲白太祖，恐太祖杀羽，不白，非事君之道，乃叹曰："公，君父也；羽，兄弟耳。"遂白之。太祖曰："事君不忘其本，天下义士也。度何时能去？"辽曰："羽受公恩，必立效报公而后去也。"及羽杀颜良，曹公知其必去，重加赏赐。羽尽封其所赐，拜书告辞，而奔先主于袁军。左右欲追之，曹公曰："彼各为其主，勿追也。"臣松之以为曹公知羽不留而心嘉其志，去不遣追以成其义，自非有王霸之度，孰能至于此乎？斯实曹公之休美。

从先主就刘表。表卒，曹公定荆州，先主自樊将南渡江，别遣羽乘船数百艘会江陵。曹公追至当阳长阪，先主斜趣汉津，适与羽船相值，共至夏口。蜀记曰：初，刘备在许，与曹公共猎。猎中，众散，羽劝备杀公，备不从。及在夏口，飘飖江渚，羽怒曰："往日猎中，若从羽言，可无今日之困。"备曰："是时亦为国家惜之耳；若天道辅正，安知此不为福邪！"臣松之以为备后与董承等结谋，但事泄不克谐耳，若为国家惜曹公，其如此言何！羽若果有此劝而备不肯从者，将以曹公腹心亲戚，实繁有徒，事不宿构，非造次所行；曹虽可杀，身必不免，故以计而止，何惜之有乎！既往之事，故托为雅言耳。孙权遣兵佐先主拒曹公，曹公引军退归。先主收江南诸郡，乃封拜元勋，以羽为襄阳太守、荡寇将军，驻江北。先主西定益州，拜羽董督荆州事。

羽闻马超来降，旧非故人，羽书与诸葛亮，问超人才可谁比类。亮知羽护前，乃答之曰："孟起兼资文武，雄烈过人，一世之杰，黥、彭之徒，当与益德并驱争先，犹未及髯之绝伦逸群也。"羽美须髯，故亮谓之髯。羽省书大悦，以示宾客。

羽尝为流矢所中，贯其左臂，后创虽愈，每至阴雨，骨常疼痛，医曰："矢镞有毒，毒入于骨，当破臂作创，刮骨去毒，然后此患乃除耳。"羽便伸臂令医劈之。时羽适请诸将饮食相对，臂血流离，盈于盘器，而羽割炙引酒，言笑自若。

二十四年，先主为汉中王，拜羽为前将军，假节钺。是岁，羽率众攻曹仁于樊。曹公遣于禁助仁。秋，大霖雨，汉水泛溢，禁所督七军皆没。

禁降羽，羽又斩将军庞德。梁、郏、陆浑群盗或遥受羽印号，为之支党，羽威震华夏。曹公议徙许都以避其锐，司马宣王、蒋济以为关羽得志，孙权必不愿也。可遣人劝权蹑其后，许割江南以封权，则樊围自解。曹公从之。先是，权遣使为子索羽女，羽骂辱其使，不许婚，权大怒。典略曰：羽围樊，权遣使求助之，敕使莫速进，又遣主簿先致命于羽。羽忿其淹迟，又自已得于禁等，乃骂曰："貉子敢尔，如使樊城拔，吾不能灭汝邪！"权闻之，知其轻己，伪手书以谢羽，许以自往。臣松之以为荆、吴虽外睦，而内相猜防，故权之袭羽，潜师密发。按吕蒙传云："伏精兵于舟船之中，使白衣摇橹，作商贾服。"以此言之，羽不求助于权，权必不语羽当往也。若许相援助，何故匿其形迹乎？又南郡太守麋芳在江陵，将军（傅）士仁屯公安，素皆嫌羽（自）轻己。羽之出军，芳、仁供给军资，不悉相救。羽言"还当治之"，芳、仁咸怀惧不安。于是权阴诱芳、仁，芳、仁使人迎权。而曹公遣徐晃救曹仁，蜀记曰：羽与晃宿相爱，遥共语，但说平生，不及军事。须臾，晃下马宣令："得关云长头，赏金千斤。"羽惊怖，谓晃曰："大兄，是何言邪！"晃曰："此国之事耳。"羽不能克，引军退还。权已据江陵，尽虏羽士众妻子，羽军遂散。权遣将逆击羽，斩羽及子平于临沮。蜀记曰：权遣将军击羽，获羽及子平。权欲活羽以敌刘、曹，左右曰："狼子不可养，后必为害。曹公不即除之，自取大患，乃议徙都。今岂可生！"乃斩之。臣松之按吴书：孙权遣将潘璋逆断羽走路，羽至即斩，且临沮去江陵二三百里，岂容不时杀羽，方议其生死乎？又云"权欲活羽以敌刘、曹"，此之不然，可以绝智者之口。吴历曰：权送羽首于曹公，以诸侯礼葬其尸骸。

追谥羽曰壮缪侯。蜀记曰：羽初出军围樊，梦猪啮其足，语子平曰："吾今年衰矣，然不得还！"江表传曰：羽好左氏传，讽诵略皆上口。子兴嗣。兴字安国，少有令问，丞相诸葛亮深器异之。弱冠为侍中、中监军，数岁卒。子统嗣，尚公主，官至虎贲中郎将。卒，无子，以兴庶子彝续封。蜀记曰：庞德子会，随钟、邓伐蜀，蜀破，尽灭关氏家。

相比陈寿《三国志》对关羽历史文献的简单记录，"裴注"篇幅字数明显增多，注文字数约原文的三倍，因此许多《三国志》中失载的关羽历史事实得以保存，记述也更为详细。不仅解释地理名物等，更主要的在于补充原书所记载的关羽历史文献之遗漏和纠正错误。有关关羽的历史文献，同一事件记述不同，他都收录进来，以备参考。对于关羽其人和史事，裴注有所评论，对于陈寿议论不当之处，裴注也加以批评。总之，裴注的最大特点，就是搜罗广博，广采博引，且引书首尾完整，不加剪裁割裂，极大地丰富了原书的内容，具有珍贵的史料价值。

例如，《三国志·蜀书·关羽传》裴注引《傅子》："事君不忘其本,天下义士也。"在《三国志·关羽传注》中,裴松之根据《蜀记》补充"曹公与刘备围吕布于下邳，关羽启公，布使秦宜禄行求救，乞娶其妻，公许之。临破，又屡启于公。公疑其有异色，先遣迎看，因自留之，羽心不自安"，并与《魏氏春秋》和《华阳国志》相印证，可谓又为关羽之"短"加一条。而"挂金封印而去一事"，裴松之先以《傅子》张辽之口补充"羽受公恩，必立效报公而后去也",再加之个人评断"曹公知羽不留而心嘉其志，去不遣追以成其义，自非有王霸之度，孰能至于此乎？斯实曹公之休美"。至于陈寿著《三国志》时感情倾向如何我们不得而知，但裴松之至少为我们提供了一个视角。

至于拒婚处,裴松之根据《典略》补充"羽围樊,权遣使求助之,敕使莫速进，又遣主簿先致命于羽。羽忿其淹迟，又自已得于禁等，乃骂曰:'貉子敢尔，如使樊城拔，吾不能灭汝邪！'权闻之，知其轻己，伪手书以谢羽，许以自往"，这远远比陈寿"骂辱其使，不许婚"来得生动，更印证了其"刚而自矜"，而这也正是"荆、吴虽外睦，而内相猜防"的结果。最后裴松之引《江表传》"羽好《左氏传》，讽诵略皆上口”，后成为除“美须髯”外定其位为儒将的有利证据，而在《晋书》《宋书》《北齐传》等书中描绘“儒将”大多以这两个特征来表现，这些著述基本上与裴注同代，且南北惊人地一致。

有一例虽未收于《三国志·蜀书·关羽传》中，却为“寝则同床，恩若兄弟。而稠人广坐，侍立终日”的最佳印证：《三国志·蜀书》卷三六《马超传》裴注引晋乐资《山阳公载记》曰：“超因见备待之厚，与备言，常呼备字，关羽怒，请杀之。备曰：‘人穷来归我，卿等怒，以呼我字故而杀之，何以示于天下也！’张飞曰：‘如是，当示之以礼。’明日大会，请超入，羽、飞并杖刀立直，超顾坐席，不见羽、飞，见其直也，乃大惊，遂不复呼备字。明日叹曰：‘我今乃知其所以败。为呼人主字，几为关羽、张飞所杀。’自后乃尊事备。”即使“恩若兄弟”，君臣之道仍不可失。正是“于贤者能狎而敬之，畏而爱之，其与庸愚远矣，宜其卓然有立也欤。”

裴注另有一条记载，在其他人的评传中侧面烘托关羽之形象，如在《三国志·魏书·郭嘉传》中裴注引《傅子》曰：“初，刘备来降，太祖以客礼待之，使为豫州牧。嘉言于太子曰‘备有雄才而甚得众心，张飞、关羽者，皆万人之敌也，为之死用。嘉观之，备终不为人下，其谋未可测也。’”

诸如此类的例子在裴注中比比皆是，观《裴注三国志》便可一目了然，在此就不再赘述。由此可见，对于关羽的历史文献，裴注所载丰富了更多的细节，补充了更为翔实的材料，从而使关羽形象变得更加丰满，使关羽的历史文献史料更为详细真实可考。

其他文献史料

继陈寿《三国志》和《裴注三国志》之后，历朝历代对于关羽的历史文献记载，主要散见于各代的史志、庙记及碑刻当中，但对于关羽历史文献史料的记述基本上还是基于《三国志》之所载所述，基本都是以《三国志》为蓝本所进行的改动、增删。

北宋司马光编纂的《资治通鉴》卷六十："刘备与河东关羽、涿郡张飞相友善；以羽、飞为别部司马，分统部曲。"

南宋淳熙十六年（1189年）郑南撰写的《玉泉建加封英济王碑记》:"关姓某名,云长字也,河东解人。与先主起涿郡,腹心爪牙,义则君臣，恩同兄弟。"

元代寇禧撰写的定襄《新创关王庙记》:"视之三国之际，得蜀将关侯某人，按本传，公讳羽，字云长，河东解人也，少通《左氏春秋》。"

元初翰林院侍读学士郝经撰写的《顺天府重建汉义勇武安王庙记》:"（义勇武安）王讳羽，字云长，解梁人。起义于涿郡，争战于徐、兖，奔走于冀、豫，立功于江、淮，而殁于荆、楚。"

明嘉靖十七年（1538）郑本功撰写的朔州《重修汉关将军庙碑记》:"谨按,将军河东解梁人也,起于汉末,事昭烈皇帝。间关荆、楚，以吞吴灭魏兴复汉室为心，功烈具载《三国志》。"

明嘉靖四十四年（1565）栗轩李瑶撰写的《重修解州常平义勇武安王庙记》:“王世为解常平里人。惟王忠义正直，天下仰其威灵，祀祠且焕然遍寰宇也。王徒以武勇忠义正直之气鸣汉末，且王好诵《左氏春秋》，故志扫群雄，力扶汉鼎。观其结盟桃园，则大义决;侍立终日，则大分昭;秉烛长夜，则大节著;报曹归刘，则大信神。”

民国《解州志》:“关公名羽，字云长，本字长生，好《左氏春秋》，讽诵略皆上口，游涿郡昭烈合徒众偕张飞为之御侮，昭烈为平原相，关公与桓侯为别部司马，分统部曲，与二人寝则同床，恩若兄弟。而稠人广坐，侍立终日，周旋不避艰险，桓侯传又稍关圣年长数岁，飞兄事而已结义，君臣分定并坐一堂。桃园结义正史不传其说，关圣一片丹城同心勠力共扶汉室始终不渝，不特可以风后世之为人臣，并可以风后世之为人弟为人友者，其说至今存可也。”“帝（关公）之为人，性情刚直，心地光明，其不肯（在曹营）久留之意，已不惮明言，一旦辞去，拜书封赐，何等磊磊落落，而顾为此暗昧之事耶！且其笔力薄弱，恐后人所造。”“建安五年，曹公东征，先主奔袁绍。曹公禽羽以归，拜为偏将军，礼之甚厚。绍遣大将（军）颜良攻东郡太守刘延于白马，曹公使张辽及羽为先锋击之。羽望见良麾盖，策马刺良于万众之中，斩其首还，绍诸将莫能当者，遂解白马围，表封羽为汉寿亭侯。”“公尝流矢贯左臂，后创虽愈，阴雨骨常疼痛，医曰：‘矢镞有毒，入骨当破臂刮骨毒，乃除耳。’公便伸臂令医劈之。时公适请诸将饮食臂血流离，盈盘器，而公割炙饮酒，言笑自若。”

总体而言，由于每个时期的史学家总是以某个意识形态目标作为参照系，都尽量以接近历史真实的语言来撰写文献，所以对于自陈寿《三国志》以来的关羽历史文献来说，在随后历朝历代直至民国时期的正史、方志及庙记碑刻中之所记所述，大致都没有超出《三国志》的范畴，都是在《三国志》的基础之上所进行的改动、夸张或变异。

遗迹景观

关帝圣像

坐落于关公故里常平村以南中条山上的关公圣像，通高八十米，其中铜体六十一米，寓意关公享年六十一岁，底座高十九米，寓意关公十九岁时离开家乡，塑造圣像共用铜料五百余吨，钢材两千余吨，混凝土一万八千余吨，造价八千万元。关公背靠中条山，俯视浩瀚盐池，一手拿着青龙偃月刀，一手捋须，目光如炬，伟岸挺拔地站立在高达一百多米的黄冈岩石基座上，守护着解州这片土地，保佑着河东乃至中华大地的人们。关帝圣像工程初建于2002年，2010年隆重揭幕示众，圣像形象设计由著名艺术家韩美林、著名雕像家白澜生、盛杨等共同完成，其设计精准，体态神韵独到，令人赞叹。此圣像是目前世界上最高、最大的关公圣像，堪称“世界之最”，这也为关公故里注入新的活力。

“气肃千秋”坊

“气肃千秋”坊是一座木牌坊，也是关帝庙内最高的牌坊，春秋楼及两翼的刀印楼以此为屏障。据考证，此牌坊的始建与重修和春秋楼、刀印楼同时。始建于明神宗万历初年（1573 年），后于清嘉庆二十年(1815 年)地震损毁,清同治六年至九年(1867—1870）重建。坊前有铁人、铁狮和卧狮，均属明万历年间遗物。坊身木构及其瓦顶，多是清同治年间重建。“气肃千秋”坊是四柱三楼庑殿式，瓦顶全部用黄、绿色琉璃覆盖，套兽、花卉各具神态，正脊两端雕琉璃凤凰一对，蹲于吞口之上，翘首扶尾，仰面张望，颇有吉祥之意。

结义亭

结义亭是据“桃园三结义”而建，各亭颜色不一，有红、绿、黑三种，每个小亭都造型别致，亭对面还有案台。结义亭，也叫三义阁。此亭面阔、进深各五间，单檐卷棚歇山顶，四周围廊。创建年代不详。根据清乾隆年间言如泗撰写的《重修结义园记》碑文得知，结义亭的前身是结义庙，祀刘备、关羽、张飞神像。言如泗认为这座庙建制有悖君臣伦理，于是就撤走这些神像，重新绘图，重建此亭，也就是现在的结义亭。亭内现保存有公元1762 年本地州府郡守言如泗所刻的一块“结义图”石碑和 1999

年新增的关公生平故事沙盘。沙盘内，人物雕塑栩栩如生，活灵活现，形象逼真。这些人物都是出于天津泥人高手嫡传六代子孙之手。整幅沙盘制作都形象生动地再现了关公“忠义仁勇”的一生。比如有桃园三结义、过五关斩六将、单刀赴会、战长沙等场景。“结义图”石碑有两米宽、一米高，上刻有结义图画，并且刻有言如泗的题诗：“此地钟神武，遗踪想象间。一盟存汉鼎，片石永条山。”这块碑全用白描，线条错综复杂，刻工技艺高超。

塔墓

塔墓位于山西省运城市盐湖区解州镇常平村的关帝家庙，是关羽父母的“坟茔塔”，也称“祖宅塔”。这一砖墓年代久远，据说当年关羽仗义杀死作恶多端的恶霸后，便出逃在外。官府四处追捕关氏族人。关羽的父母害怕连累到关羽，双双投井自尽，但尸首却一直没有打捞上来。人们为了纪念关羽的父母便在井上修了一座八角七级砖塔，这就是流传至今的“塔墓”。该塔墓造型独特古朴，塔身镶嵌了多个碑文，记录了历代修葺过程，其中年代最早的是塔墓南侧的金代《汉关大王祖宅塔记》，该碑文记录塔的创建最早在东汉末期，金代又重加修葺。

关帝祖茔

关帝祖茔与关帝祖庙、常平关帝家庙并称“三关”，位于中条山石磐沟内，这里三面环山山势雄伟，地貌奇特，野趣浓郁，以奇石、飞瀑、碧潭、幽谷构成一处壮观的山野景观。关氏祖茔前所立石碑，无立碑人姓名与年代，但在《解梁关帝志》之《考辨》中有一段文字记述：今盐池巡检王闰久官兹土，并传至备询之。闰曰：“王州守在官，闰犹未至。闰至自庚申。比奉新参议大本修石盘沟墓，掘地得旧碑于墓所，碑亦楷书刊‘汉寿亭侯关公祖考石盘公墓’，但无建碑岁月、建碑人姓名。”据碑文记载，当时祖茔的规模也不小，四周有石墙包围，坟前有献亭、祭台等。可惜由于沧桑剧变，这些建筑物早已成为历史陈迹，而只剩祖茔和石碑。

灞陵桥

灞陵桥，原名八里桥，在河南省许昌市城西四公里的清泥河上，相传为三国名将关羽辞曹挑袍处，灞陵桥从此名扬。桥北为明末总兵左良玉泼墨手书“汉关帝挑袍处”的巨型石碑。

关羽在许昌辞曹归刘并非虚构，历史上确有其事。据《三国志·蜀书·关羽传》记载：“初，曹公壮羽为人，而察其心神无久留之意，……及羽杀颜良，曹公知其必去，重加赏赐。羽尽封其所赐，拜书告辞，而奔先主于袁军。左右欲追之，曹公曰：‘彼各为其主，勿追也’。”《三国演义》中说，曹操不但不准部下杀关公，而且还亲自率领部将赶到灞陵桥头给关羽赠袍送金，为其饯行。而关羽恐其有诈，便立马于桥上，用刀尖挑锦袍披挂身上，并勒刀回头称谢曰：“蒙丞相赐袍，导日更得相会。”遂下桥往北，顺官道而去。

灞陵桥原桥青石灰砖结构：三孔，长十七米，高二点八八米。桥上遗留构件有石雕栏板、戏水龙头、望桥、石狮、石猴等，都存放在关帝庙内。此桥的始建年代无考，据 1991 年对原桥遗址的挖掘清理，桥基为元代构件，上部为明、清建筑。为什么叫“灞陵桥”呢？一是大概与《三国志平话》的作者有意借名桥写名事，为名人歌功颂德有关，把关羽挑袍的地方写成西安灞陵桥了，二是“八里”和“灞陵”谐音，以讹传讹，沿以为习。无论是“八里桥”或是“灞陵桥”，由于这处遗址的历史影响，不失为许昌的一处名胜古迹。

卓刀泉

卓刀泉（又名御泉寺、玉泉寺、泉寺、关庙）。北临湖北武汉东湖风景区，世传关帝曾卓刀于此而泉出，今泉侧有庙。据传，东汉末年建安十三年（208 年），蜀将关羽驻兵于武昌伏虎山，因天旱无水，兵干马渴，关羽一急之下，以刀卓地，水涌成泉，故名卓刀泉。为纪念关羽，宋时在此泉建寺，名曰“御泉寺”，现存建筑大致为1916年重修。山门上刻有“卓刀泉”三字，进山门为一四合院落，院落中央，为泉井；左侧为桃园阁，供刘备、关羽、张飞三位塑像；左右两厢为禅堂。再进为正殿，供关羽塑像。庙前泉水淙淙，庙周古木森森，宁静幽闲，别具山野情趣。明景泰七年（1456年）《寰宇通志》记载：“在府城东十里，汉昭烈郊坛上。世传关羽曾卓刀于此，有庙在泉上。”清康熙时杜毓秀纂《武昌府志》载：“卓刀泉，县东十五里，为汉昭烈郊坛，寿亭侯关羽行军卓刀坛下，有泉出焉。”又据清光绪九年（1883年）所存之“卓刀泉记”载：“城东十五里有卓刀泉者，吾楚胜迹也。昔汉寿亭侯关羽治兵江陵时，卓刀于此，故名。”

马跑泉

马跑泉，又名虎跑泉。位于今湖北荆州市八岭山南麓，是与关羽坐骑赤兔马紧密相关、充满神奇传说的一处关公遗迹。据《明一统志》记载，关帝驻兵于此，山无水，士卒渴甚，夜有虎咆哮，马惊跑地，因而得泉。清道光二十年（1840年）在泉旁所立的“汉关公马跑泉碑记”石碑记载：“刘备被曹操围困当阳时，关羽引师救之，取道过此，人马俱困，焦渴难当，寸步难移，赤兔马以蹄刨地，昂首嘶鸣，忠义感动山神，石开泉通，人马得饮，精力复萌，速赴当阳救主。”马跑泉因此得名。

考古

义勇武安王庙碑记：义勇武安王关云长庙祀遍天下，精灵塞宇庙，声烈昭简册。端人正士，义其忠武，大劲卒，壮其勇。田夫村妪慑其神、吊古感遇之徒，又悼惜其功之垂成而败，而思有以报其仇、以泄其不平。若是者，千二百年于兹矣，足见其心术之正。

河南南阳社旗山陕会馆有碑记载：雍正时有的商号改换戥秤，大小不一，是以全行商贾奇集会馆关帝庙，公议秤足十六两，戥依天平为则，公议之后，不得私下更换戥秤。犯此者，罚戏三台。如不遵者，举秤禀究官治。

山西商人齐集关帝庙议事，以关羽的信义来衡量和规范商业行为，关羽在山西商人的精神世界里有很大影响。晋商们把行业的道德规定刻在碑上，树立在商会中，供众人监督实行：

买货不得论堆，必要逐宗过秤，违者罚银五十两。

不得合外分伙计，如违者罚银五十两。

不得沿路会客，如违者罚银五十两。

落下货本月内不得跌价，违者罚银五十两。

不得在门外拦路会客，任客投至，如违者罚银五十两。

不得假冒名姓留客，如违者罚银五十两。

结账不得私让分文，如违者罚银五十两。

不得在人家店内勾引客买货，如违者罚银五十两。

不得在栈房门口树立招牌，只写某店栈房，如违者罚银五十两。

每年正月十五日演戏各家俱有齐备，如违者罚银五十两。

有新开行者，必先打出官银五十两到店吃饭，俱要饭钱。

再附一碑文：山左有孔子道德高于万山，世人重其文也，然有文以为之经，必有武以为之纬。唯我关羽生于山右，仕于汉朝，攻略盖天地，神武冠三军，尤可称秉烛达旦，大节垂于史册，洵足媲美孔子，躬当武夫子称，护国佑民，由中达外，至今普天有血气者，莫不尊亲，三晋商贾贸易上者，夙托神庇，无往不利，思仰答于万一，弗祀像以表诚前 ……

据清道光十二年（1832 年）《岱庙祷雨记碑》记载：前月随定亲王登山，卜雨于岱麓关帝庙，繇辞有去复回之语，越岁余而奉命复来报谢，载展精禋，足见灵爽丕昭，而名山升□，益感至诚在上之无远弗格也。

清雍正三年（1725 年）立的《重立君子上达碑记》载：明万历年，

蜀中一孝廉，平生疑惑“君子上达”，至公车途径解梁，宿于关帝庙，夜梦关公云：“汝疑君子上达乎？要知此书实理，即以吾解之生为烈大夫，殁为英神明。”孝廉梦觉，顿为豁然。比赴京入闱，题即四字，因得及第。回关庙遂立石镌“君子上达”四字。

据《大清会典事例》卷四百三十八《礼部·中祀》记载：（雍正）五年奏准：每年五月十三日致祭，前殿用牛一、羊一、豕一、白色礼神制帛一、果品五、尊一、爵三；后殿用少牢，余如前殿。春秋二祭，前殿用帛一、牛一、羊一、豕一、登一、铏一、簠簋各二、笾豆各十、尊一、爵三，遣官一人承祭，行三跪九叩礼；后殿三案，用帛各一、羊各一、豕各一、铏各二、簠簋各二、笾豆各八、尊三、爵九。前殿遣大臣承祭，行三跪九叩礼；后殿遣太常寺堂官承祭，行二跪六叩礼。

从中可以看出，关公的祀典，其祭品陈设与祭祀礼仪已经接近于文庙祭祀孔子。

元人胡琦《关王事迹》中写道：今（关羽）冢以大王为号，每岁清明，乡人相率上冢，如拜扫之礼……直至元十二年，荆门归附之后，玉泉住山慧珍，剪其精榛，封其丘陇，重作行祠以表之，命僧看管，四时修护，山门依旧，上冢祭墓，岁以为常。扫拜之礼，也即唐朝盛行的“寒食拜扫”。寒食为古代民俗节日之一，为清明节前一天。唐代寒食扫拜是朝廷作为一种民俗活动而规定下来的，内容不外是扫墓，在荒郊墓地举行一定祭拜仪式，除了一般百姓，朝廷官员也要参加。

加封三代公爵

一说雍正三年（1725 年），追封关公曾祖为光昭公，祖为裕昌公，父为成忠公。造神碑供奉后殿。定于春秋二仲月上戊日致祭。

另有《皇朝通志 · 卷四十一》载：雍正三年，敕封关帝三代公爵，定春秋祭，礼置五经博士以奉祀，事礼臣议请封关帝曾祖为光昭公，祖为裕昌公，父为成忠公，牌位止书，追封爵号不著名氏于京师白马关帝庙后殿供奉。遣官告祭其山西解州，河南洛阳冢庙，并各省府州县择庙宇之大者，置主供奉后殿，春秋二次致祭从之。

又说咸丰五年（1855 年）加封“精诚绥靖”四字，并加封三代王爵。为曾祖光昭王，为祖裕昌王，为父成忠王。

传说故事中的主人公们现身说法，称自已科考得了关公的护佑，而且因为他们的社会地位较高，所以其言论在社会上产生了很大的影响，莘莘学子为了求取功名，也都纷纷加入了关公信仰的队伍之中，这种现象也一直延续到了现在。

四

文化内涵

“人类学之父”英国人泰勒于 1871 年将“文化”定义为：“文化是一个复杂的总体，包括知识、信仰、艺术、道德、法律、风俗，以及人类在社会里所得的一切能力和习惯。”关公文化作为一种千百年来活跃于庙宇、道观、殿堂、坊间的文化形态，其实质乃是一种华夏民族共同持守的道德信仰文化，它具有丰富而多维的文化向度。于普通百姓而言，它是一种道德文化，给人们所树立的是忠义仁勇的楷模和道德尺度；于商家而言，它是一种商业文化，彰显的是一种诚信、守诺的契约精神；于军人来说，它是一种勇士文化，所弘扬的是一种忠于国家民族、不畏艰难、视死如归的英雄主义精神；于武林江湖人士而言，它是一种侠义文化，体现的是江湖义士的侠义精神；于宗教人士和广大信众而言，它则是一种宗教文化，融汇和包蕴着深刻的儒释道教的思想精华和义理；于国家民族而言，它是一种政治文化，它的传播有利于凝聚中华民族的向心力，促进和维系国家民族的团结和统一。

关公文化作为中华民族传统文化的重要组成部分，其核心理念是“忠、义、仁、勇”精神，其核心价值是伦理道德价值。它是华夏文明长期积淀而形成的一种民族内在精神；关公精神是对中华民族传统文化儒家为主、释道为辅的和合文化特质的实践验证。对关公文化进行深入的探讨挖掘和现代阐释，有助于加深和理解中华民族传统文化的本质内涵，确立民族文化自信；弘扬关公文化，传播关公精神，有助于提高我国全民的道德修养，促进中华优秀民族文化走出去战略的实施。

关公文化的核心内涵

关公文化的核心内涵是“忠、义、仁、勇”四个方面，“忠、义、仁、勇”的精神内涵，是中国五千年灿烂文化遗产的重要组成部分，是中国古代伦理道德的重要精髓，是中国精神文明建设的重要支撑，是当今构建和谐社会的重要根基。在历史的发展长河中，“忠、义、仁、勇”的精神内涵成为中华民族传统文化中必不可少的尊崇力量，成为全民族为人处世的道德标杆，成为社会和谐发展的根本理念。

“忠”，《说文解字》指出：“忠，敬也，从心。”“忠”的根本要求是忠诚、忠实、忠恕、忠心赤胆、全心全意、尽心竭力。所谓忠，就是内求心善，外求尽职尽责，是指以中正方直的心理全心全意地对待自己所从事的事业、所献身的组织和所面对的人物，即是对上级、对国家忠心耿耿，无怨无悔。孔子认为“忠”不只是对君，因而提出“上思利民，忠也”的主张。《论语·学而篇》也说：“吾日三省吾身：为人谋而不忠乎？与朋友交而不信乎？传不习乎？”中华民族自古就有精忠报国和“天下兴亡，匹夫有责”的优良传统。忠，是关公文化的首要内容，所谓忠，是指对皇帝的绝对忠诚，即忠君。对于关羽来说，就是对汉末皇帝汉献帝、蜀汉皇帝刘备的忠，对刘汉皇权的绝对服从。忠君，是封建社会最高的政治原则和道德原则，也是封建社会最重要的价值观念和思想准则。忠君观念，在本质上是把君作为国家的代表，“忠君”的背后，是一种深层的国家意识，而关羽正是一个理想的忠君典范。关羽与刘备、张飞“桃园三结义”，誓愿“上报国家，下安黎庶”，这是关羽“忠”的内容，也是其终生的行动纲领。为实现这一目标，从中平元年（184年）桃园结义一直到死（219年），他都是忠心耿耿地追随刘备，“稠人广坐，侍立终日，随先主周旋，不避艰险，寝则同床，恩若兄弟”。无论顺境逆境，始终不离不弃，从未动摇过对刘备和汉王朝的忠诚。关羽为了扶汉兴蜀，一生征战，追随刘备，为其效劳，从一而终，保持着坚贞不渝、无限忠诚的道德品质。最能体现关羽忠诚的是降汉不降曹，最终又辞曹归刘一事。当下邳失陷，关羽被困上山，张辽以“三罪说”劝降时，关羽则以“三约”作为投降条件。“三罪”“三约”都围绕一个“忠”字。“三罪”是说不降而死是不忠，“三约”则说只有“忠刘”才能投降，投降是为了“忠刘”而非求生。这样，看似“背刘”的投降就成了“忠刘”的不得已之举。投降之后的种种表现也充分体现了关羽“身在曹营心在汉”的“忠刘”精神。辞曹归刘则更是“忠刘”之壮举。面对曹操百般拉拢利诱，关羽“忠刘”之心坚如磐石。曹让张辽去探问：“玄德待兄，未必过于丞相，兄何故只怀去志？”关羽回答道：“吾固知曹公待吾甚厚。奈吾受刘皇叔厚恩，誓以共死，不可背之。吾终不留此。要必立效以报曹公，然后去耳。”辽曰：“倘玄德已弃世，公何所归乎？”公曰：“愿从于地下。”这斩钉截铁的回答，充分体现了关羽“义不负心，忠不顾死”的决心。当关羽得知刘备下落后，毅然挂印封金，不避千难万险，过关斩将，千里寻兄去了。对于这种去安及危、效忠刘汉王朝的忠义行为，可谓是“彻底一忠，耿耿乎生死不相背负，精忠直薄云天”。关羽与刘备，除了君臣关系之外，还有兄弟与朋友的关系。因此，人们往往认为，关羽的忠，除了忠君之外，还有忠友的含义。此论不无道理。但即便如此，忠友对于忠君来说，也只是从属的地位，忠君是高于一切的，毕竟刘备这个“兄友”本身就是“大汉皇叔”，而非一般的兄弟朋友。所以，忠友的本质还是忠君。我们从关羽身上见出的是满满的忠诚，因此历朝历代都把他推崇为忠君的典范。另外，他的家人为捍卫忠诚也做出了牺牲，父母跳井身亡，妻子为躲避灾难而选择隐居，儿子关平被杀害后身首相离，异地分葬。由是，从关羽个人以及家人的这些壮烈事迹中，我们可以看出其一生的忠诚、忠实、忠心赤胆的高尚情操。

“义”，是合宜、应该、应当之意，进而衍生出大义、正义、公平、公正、公道等含义，是指作为人，在一切行为活动中只能遵循去做，别无选择的最高的义务和责任。《礼记·中庸》:“义者，宜也。”《论语·述而篇》提出:“不义而富且贵，于我如浮云。”《孟子·梁惠王上》云：“苟为后义而先利，不夺不厌。”儒家先哲们还提出了“仁义道德”“仁至义尽”“杀身成仁”“舍生取义”“义以为先”“以义制利”等思想。“义”是传统文化中人生的终极目标和价值取向。《说文解字》解释“义”为“己之威仪”，也就是指以“我”的力量保有那些美善吉祥的事物，并捍卫其中的价值，从而在言行举动、德行人品等方面，都表现出具有感染力甚至威慑力的尊严和威望,成为他人学习的道德榜样。“义”通常与“忠”并列，含义更丰富，涵盖面更广，是处理一切人际关系时的道德观念和标准的总概括，是指对兄弟、对朋友重情重义，不讲代价，主要体现为正义、仗义、义薄云天。“义”，是关公文化最重要的内容。民间信仰关公的核心是一个“义”字，且诙谐而幽默地称关公为“义种”，形象而生动地勾勒出关公信仰的内涵。“义”是关羽突显的一种精神、一种人格力量，体现在民间传说中，便是始终如一的舍身救民的精神力量。在关公精神的诸因素中，义的含义最丰富，涵盖面也最广。关公文化中的义具有先秦时期的侠义精神，是正义、义气、侠义。关羽与刘备、张飞结盟之纽带、“三结义”流芳百世，就在一个“义”字，就在于扶危救世，除暴安良，大情大义。桃园结义三兄弟，三十六年生死相依无罅隙。义伴随了刘、关、张的一生，以结义始，以死义结，这个“义”就是“同心协力，救困扶危”的誓言所表达的堂堂正义。桃园结义，三人共誓："虽然异姓，既结为兄弟，则同心协力，救困扶危；上报国家，下安黎庶，不求同年同月同日生，只愿同年同月同日死。皇天后土，实鉴此心。背义忘恩，天人共戮！"这就是彪炳千古的兄弟义气。为践行这种义气，在关羽被害后，刘备宁舍江山社稷，也要为关羽报仇，最终，刘备、张飞双双为报仇而死，这就是对后世产生了极大影响的义气。另外，关羽的侠义最明显地体现在三件事上：其一，是在家乡杀豪霸，为民除害。恶霸吕熊横征暴敛，欺压百姓，强抢民女，无恶不作，关羽知晓此人的这些恶劣行径后，一怒之下杀死了吕熊七姓党族为百姓解气，然自己则由于躲避追杀只能远走他乡。此事即为陈寿《三国志》中所载"亡命奔涿郡"的原因。按理来说杀人是犯律的，但人们却不这么认为，而把它看成是正义行为，其中所体现的正是关羽之行侠仗义精神。其二，关羽年轻的时候，当他看到盐霸一次次欺负手无缚鸡之力仅靠苦力来解决温饱的周仓，多次出手相救为周仓讨回公道。对于关羽的救助周仓心存感激，为此二人便结下了深厚的友谊，亲如兄弟。其三，在著名的赤壁之战中，曹操带领的军队被对方火攻导致损失惨重，最后不得不从华容道上逃跑，逃跑路上曹操向关羽各种求饶，关羽则为报答曹操的知遇之恩，最终放过曹军。如上救助弱者、为民除害的故事，无疑都体现出关羽的行侠大义。关羽"义不负心，忠不顾死""财贿不以动其心，爵禄不以移其志"的高尚品行备受称颂，而中华民族传统文化素来所推崇的正是忠义，因此把他奉为忠义的化身，道德的楷模。

“仁”，即爱人，仁者爱人，“仁”字从“人”从“二”，有人们互存、互助、互爱的意思。《论语·颜渊篇》云:“樊迟问仁。子曰:‘爱人。’”《礼记·中庸》说:“仁者人也，亲亲为大。”儒家的“仁”就是由对父母之爱、兄弟姐妹之爱进而推及对他人之爱。《墨子·经说》也曰 :“仁，仁爱也。”因此，爱人，有仁爱、仁慈、仁厚、仁道、仁义等含义，然其基本含义是指爱心、爱人之心。关羽不仅勇武绝伦，而且宽厚仁慈。 正如曹操的谋臣程昱所言 :“云长傲上而不忍下，欺强而不凌弱；人有患难，必须救之，仁义播于天下。”正是这番话，促使曹操在华容道上动之以情，以旧情打动了关羽从而脱险，华容道释曹一事最突出地表现了关羽的仁义之心。然关羽这种仁具有超乎常人的意义，因这已不是对主、对兄、对友的仁，而是在以刀枪相见、你死我活的战场上，对敌的仁。而要做到这种仁，则是需要付出巨大的代价的——冒杀头之险，这一点，关羽是心知肚明的。这种为了拯救他人，而且是敌人，宁愿牺牲自己的舍己为人之精神，在中华民族传统文化，尤其在儒家的伦理道德观看来，无疑是一种十分高尚的“杀身成仁”的“忘我”境界。因此，华容道释曹一事被人们看作是表现关羽大仁大义的壮举，千百年来加以称颂。尽管这在我们看来是一种不分敌我的行为，是愚蠢的“宋襄之仁”。关羽对敌人尚且都能做到仁，那么对友、对下级、对一般人的仁，当然不在话下了。另外，关羽坚持“生平不斩落马之人”，当他和刘表的部下黄忠交战时，黄忠不小心从马上掉落下来，关羽并没有趁其不备将其拿下，而是持以仁慈和宽容的心态，他见黄忠年纪已大，允许黄忠更换马匹后再进行作战，最后黄忠归属了蜀国。从这一事件我们可以见出关羽对于老者的仁爱之情，不会以强欺弱。再者《三国演义》等文学作品记述和描绘了关羽平生无数的仁义之举，如他善待卒伍，接近普通人，义释貂蝉，在曹营因“二嫂思兄痛哭，不由某心不悲”而落泪，等等。也正是由于关羽平素对自己人的仁，才有在对敌对己都生命攸关之时对敌之仁。没有前者，就没有后者；前者是后者的基础，后者是前者的升华。关羽不仅生前是位仁爱之人，而且死后更成为仁爱之神。比如，关帝爷抗敌护国，救灾保民，扶贫济困，惩恶扬善，祛病疗疾，辟瘟禳灾，还可以科场促考，佑人发财，甚而还有给人“送子”的神通，真是一位做尽了善事的菩萨。总之，在世人眼中，关老爷是什么好事都办的仁义之神。当然，这不过是人们的一种美好愿望和期盼。但也从一个侧面说明,“仁”是关公文化中具有丰富内涵的一部分。“仁”是中国伦理学说中最重要的范畴，是儒家文化的核心，可以说是中国道德精神的象征，是中华民族传统文化的共德和恒德。“仁”不仅是各个历史时期、各种道德中最基本的也是最高的德目，而且也是世俗道德生活中最普遍的道德标准。在中华民族传统文化看来，“仁”是人之所以为人的根本特征，仁也者，人也。关羽熟读《春秋》，深谙儒家精义，并身体力行，实践了仁之精髓。另一方面,关羽之仁,也是儒家文化塑造之功。关羽被儒家称为“圣人”，与孔子齐名，在儒家文化占统治地位的中国，经过世世代代的宣扬，关羽就演变成为人们理想中的仁义典范。反过来，关羽这一仁义典型，又为中华民族传统文化，尤其是儒家文化增添了富有特色的内容。

“勇”即勇敢、勇武、坚强、刚毅、无所畏惧、一往无前之意。儒家以“投身为义曰勇”,“知死不避曰勇”,“弃命为仁曰勇”,“持节不恐谓之勇”,“持义不掩曰勇”。中华传统美德中自古就有“勇”的德目。孟子把勇分为三种:血气之勇,即凭力气的勇;意气之勇,即凭意志的勇；“大勇”，即恪守道德信念的勇。关羽“舍生取义，杀身成仁”可谓之大勇。“勇”，是关公文化中别具特色的重要内容，也是关公精神的显著特点。关羽之所以被社会各阶层广泛敬仰和称颂，勇武神威是一个基本要素。“勇”是关公文化最表层也是最明显直观的内容，也最容易被世人所认识和接受。关羽少年时勇武有力，疾恶如仇。随刘备东征西讨后，手持青龙偃月刀，威震华夏。虎牢关温酒斩华雄，初露锋芒就不同凡响，令各路诸侯震惊；为报曹恩，在万众之中斩颜良、诛文丑，解白马之围；千里寻主，过五关斩六将；刘备平定益州后，封关羽为五虎大将之首；关羽率军北攻樊城，水淹七军，降于禁、斩庞德，单刀赴会以及刮骨疗毒等事迹，淋漓尽致地刻画了关羽的神威勇武绝伦，充分显示了关羽的万夫不当之勇。关羽可谓智勇双全，但勇气和傲气并存，甚至傲到了狂的程度——“陆逊小儿奈我何”，才有了“败走麦城，父子皆被杀”的下场。而陈寿《三国志·蜀书·关张马黄赵传》也有记载：“关羽、张飞皆称万人之敌，为世虎臣……然羽刚而自矜，飞暴而无恩，以短取败，理数之常也。”《三国志·蜀书·关羽传》载，关羽给诸葛亮去信问马超：“人才可比谁类？”诸葛亮在给关羽的回信中赞誉道：“孟起兼资文武，雄烈过人，一世之杰，黥、彭之徒，当与益德并驱争先，犹未及髯之绝伦逸群也。”《三国志·蜀书·张飞传》曰：“飞雄壮威猛，亚于关羽，魏谋臣程昱等咸称羽、飞万人之敌也。”《三国志·吴书·吕蒙传》载，吕蒙对鲁肃说：“今东西虽为一家，而关羽实熊虎也。”《三国志·吴书·周瑜传》记，周瑜上疏孙权说：“刘备以枭雄之姿，而有关羽、张飞熊虎之将，必非久屈为人用者。”上述史籍所载，说明关羽确实是一位勇武超群的名将。但需要指出的是，勇，如果不受德智统辖，便是莽夫之勇。总的说来，关羽的勇武并非武夫之勇，而是一种在忠义之德统帅下的智勇，是一种有胆有识的智者之勇。如“单刀赴肃”这一争夺荆州的斗争，真是斗智又斗勇，充分体现了关羽亦文亦武、智勇双全的品格特点，这正是其胜出一般武将的地方。另外，关羽非同寻常的勇武，受到人们世世代代的称颂，有各地关庙楹联为证。许昌灞陵桥关庙有联：“匹马斩颜良，河北英雄丧胆；单刀会鲁肃，江南文武寒心。”贵州镇宁县有联曰：“声威何其震，功勋何其赫，忠义何其重，真武圣人也！富贵不能淫，贫贱不能移，威武不能屈，诚大丈夫哉。”杭州关庙的楹联则赞曰：“义勇冠三分，想西湖玉篆得摹，终古封侯尊汉寿；威灵跻吴相，看东浙银涛疾卷，迄今庙貌并吴山。”

因此，关公作为“武圣人”被冠以“古今名将第一奇人”勇冠三军的称谓，是有一定的史实基础的。

除“忠”“义”“仁”“勇”这四个方面的核心内涵之外，关公文化内涵还包涵了“信”“节”“智”等方面的内容。

“信”，即守信用，重然诺，诚实守信，是指对人对事言必信、行必果。刘、关、张桃园一日结义，终身恪守，无论环境如何艰险，诱惑多么强大，从未动摇，三十六年如影随形。这三十六年，是经历血与火考验的三十六年，是生死相依的三十六年，是真正对誓言终身信守的三十六年。具体来说如关羽兵败曹操后，曾屯土山约三事：降汉不降曹、礼待二嫂、一旦得知刘备下落，便当辞去。曹操厚待关羽，小宴三日，大宴五日；曹操赠袍，关羽穿于衣底，上用刘备所赐旧袍罩之，不敢以新忘旧；曹操赠赤兔马，关羽拜谢，以为乘此马，可一日而见刘备；关羽为曹操解了白马之围后，挂印封金；为寻刘备，千里走单骑，过五关斩六将；古城兄弟相会。另有，《关帝圣迹图志·圣帝文辞》载，“帝归先主谢曹书”云：“他日幸以旗鼓相当，退君三舍，意亦如重耳之报秦穆者乎。”又云：“窃以日在天之上，心在人之内。日在天上，普照万方；心在人内，以表丹诚。丹诚者，信义也。羽昔投诚之日，有言曰，主亡则死，主存则归。新受明公之宠顾，久蒙刘主之恩光。丞相新恩，刘公旧义。恩有所报，义无所断。今主臣得会，觅迹求功，斩颜良于白马，诛文丑于南坡。丞相之恩，满有所报。其留所赐之物，尽在府库封缄。”关羽这些关于信义的表白及郑重许诺，字字真诚，掷地有声，在三国人物之中，他可以说是“信义卓著”的名将。纵观关羽的生平活动，“信”是其思想行为的重要准则，关羽已成为信义的化身，关羽的信有着深厚的民族文化底蕴。在中华民族的传统文化之中，特别是对儒家文化来说，信是一个重要范畴，它既是政治上的治国原则，又是伦理上的行为准则。孔子说：“千乘之国，敬事而信。”并把“足食、足兵、民信之矣”作为为政的三大要领。三者之中,“信”又是最根本的,因为“自古皆有死,民无信不立”。以信为本，取信于民，是重要的治国安邦之道。孔子把信作为做人的根本，“人而无信，不知其可也”。“信”的基本要求是言行相符，“言必信，行必果”。“信”不仅可以熏陶人诚实的品质，也是取得他人信任的前提。“与朋友交，言而有信”，“朋友有信”历来是中国人交友的基本准则。守信用，讲信义是中华民族公认的价值准则，是中华民族重要的传统美德。经过千百年来的传播和发扬，诚实有信，言而有信，已深深地积淀在人们心底，成为普遍的社会文化心理。信的精神，是关公文化中闪光的思想，受到世人的普遍赞誉和推崇，有着永恒的生命力。

“节”,专指气节。气节,又称节操、志气或骨气,“傲气不可有，傲骨不可无”即是气节。通常是指一个人在关键时刻和重大原则问题上表现出来的政治和道德方面的坚定性。气节，是个人修养的最高一级，也是最后的考验。坚贞的气节，对内表现为对一定的政治制度、政治理想和道德的坚信不移，即使身处逆境也矢志不渝;对外，表现为在国家和民族遭到外敌侵略的时候，能挺身而出，誓死尽忠，也就是我们通常说的民族气节。气节对于个人来说，就是人格品质；对于国家民族来说，就是国格。中华民族历来崇尚名节，有着“玉碎不改其白，竹焚不毁其节”的传统美德。也就是《礼记》上所提出的“临财勿苟得，临难勿苟免”“见利不亏其义，见死不更其守”的这种择善固执的精神。从古到今，涌现出了许多视“名节重于泰山”的英雄豪杰，他们受到人们的敬仰，激励着代代国人自强不息。他们的崇高气节概括起来就是孟子所说的“富贵不能淫，贫贱不能移，威武不能屈”。这句至理名言，揭示了气节的基本内容，因而千古流传，成为无数志士仁人立身做人之本。而关羽的气节，各朝各代都有赞美的诗篇。如宋朝张商英诗咏关羽辞曹事：“月缺不改光，剑折不改芒。月缺自易满，剑折尚带霜”用来比喻关羽忠义不屈之气节。元朝程元卿诗则歌咏关羽道：“将军气作汉长城，此身肯与贼俱生？一时成败风云散，千古精诚日月明。”在今天，“节”就是为了真理和正义，威武不屈，一往无前，至死不变。在平时能安贫乐道，坚守自己的岗位；在富贵荣华的诱惑之下能不动心志；在狂风暴雨袭击之下能坚定信念，不惊慌失措;在灾难降临的时候，不妥协、不退缩、不苟免、不更其守，固执着真理去接受历史的考验！这种为万民、为真理与正义的气节，才是值得我们宣扬和继承的。

“智”，即智慧、智谋、智能，引申为有知识、有文化、有计谋。

关羽是一员武将，但并非一介武夫，而具有一般武将所没有的长处——文，是一位具有儒雅风范的名将。关羽的智、文，表现在其平生的活动与人们对其的崇拜行为之中。就其平生的活动来说，比如，水淹七军等征战事迹就是他智勇双全形象的写照。再者，他一生喜读《春秋》，最为人们所称道。就人们对他的崇拜行为来说，清代人张鹏翮赞关羽“春秋之旨，独得其宗”。此外，相传关羽还有少量著述，如书信（致曹操、陆逊等人）、书法（“四好”）、绘画（风、雨竹）与诗（不谢东君意，丹青独立名。莫嫌孤叶淡，终久不凋零。）等。所谓关羽的著述书画，有些可能是关羽的，如书信一类。有些很可能是附会，即后人或好事者附加于关羽的，纯属人们对其的崇拜行为。但这确实反映了世人的一种意愿，即希望关羽具有能文能武的理想的“完人”“圣贤”人格。特别是对于关羽“读好书，说好话，行好事，做好人”的“四好”格言，更体现了人们的美好愿望。另外，关羽曾谆谆告诫儿子关平：“凡将者,不识文,愚者也！”从一个侧面说明了关羽的爱智、重智。“夫子”是旧时对学者的称呼,也是对一般文人的称谓。而称关羽为“夫子”，既体现了人们对关羽文、智的肯定和赞扬，更反映了人们对他的某种期盼，反映了人们力求把他塑造成完美形象的追求，反映了人们对理想的完美人格的向往。于是就有了关羽的种种“文”的表现，这样，关羽就不仅武勇“绝伦”，而且“智慧”超群。

在现实生活中，如果将孔夫子与关公相提，普通老百姓必然会选择且更加信奉后者，把关羽看作是集所有力量为一体的无所不能的保护神，同时也会在各地修缮庙宇供奉，并举办各种关公文化主题活动。不为夸张地说，现如今，关公文化核心内涵之“忠、义、仁、勇”已化作一种伦理道德精神——关公精神，影响着中华儿女生活的方方面面。关公文化内涵之“忠、义、仁、勇、信、节、智”是值得过去、现在以及未来所推崇的，是中华民族所不能忘记的可贵品质，因此日常生活中我们在坚守的同时必须要将其发扬光大。

关公文化的当代价值

所谓价值，即某种物体或事物所蕴含的能够满足主体需求的一种客观属性。价值不是纯客观的也不是纯主观的，而是生成于主客体需求的关系之中。价值并不是恒定不变的，它会随着社会发展、时代变迁、接受环境的改变、主体需求的变化而不断发生改变，并因之出现价值增值、减值、转移以及价值评判变化等现象。由此而论，关公文化的价值就在于他能够在某种程度上满足接受主体（个体或群体）在物质或精神方面的需求。

在中国近两千年的历史发展进程中，关公文化已逐渐由单一化变成为一种诚信价值、品格崇拜和伦理道德的象征，最大限度地满足了中华民族在不同历史时期统治者和普通百姓治国理政、道德信仰、行为规范等等方面的需求，其价值得到不同阶级、阶层民众的认可，并不断出现价值增值，价值评价也得以充分肯定，从而彰显出巨大的历史文化价值。可以说，关公精神素来都为各阶层、各教派、各行业的信仰者所尊崇，而关羽也一直为世人所供奉、香火不断。

在社会不断发展文化不断进步的当下，关公文化内涵已深深扎根于世人心坎，并逐渐内化为中华民族的传统美德，成为我们为人处世的榜样和典范。然关公文化形成于特定的历史年代，不可否认其有消极的一面，如关羽崇拜中的封建迷信成分早已落后于时代，不应提倡。但我们研究、探讨关公文化，着眼点在于其积极的一面。在当今社会，社会历史环境、经济文化环境都发生了巨大变化，关公文化的当代价值何在？当今之际，弘扬关公文化内涵主要体现在建设和谐社会、增进人类文明的政治层面；维护市场秩序，发展社会经济的经济层面；提升社会公信力，加快社会发展进步的道德层面。同时也可以不断升华中华民族的传统美德，加深海内外同胞的向心力、民族凝聚力。关公文化的核心内涵所展露出的正是中华民族文化的核心价值。在当代，我们要把过去对君的忠义仁勇转化为对党、对人民、对祖国的忠义仁勇。

关公文化作为一种在历史上产生过很大影响的文化，本身有其历史的厚度和传统文化的深度，有其不容置疑的历史价值和文化价值，同时有其赋予现时代的内涵和探讨其现实的价值及社会意义。由此可见，弘扬关公文化，利在千秋，责任重大，势在必行。

政治层面的民族凝聚力价值

崇尚忠义仁勇，是中华民族的优秀文化传统。关公文化根植于我们民族传统文化的土壤，有着鲜明的民族性，反映了我们中华文化的民族特色，也反映了我们民族文化中所固有的凝聚力和融合力。关公文化在当今最具时代意义的价值即是：弘扬中华文化，振奋民族精神，以增强我们民族的凝聚力，激励海内外同胞心系祖国，报效中华，建设中华。由于关公文化具有鲜明的民族特色，在海外侨胞和华裔中一直有着广泛的影响。在海外华人聚居的社区，如美国、日本、东南亚等地的华人社区大都建有关庙。人们把建关庙、拜关羽，作为凝聚民族合力、弘扬中华文化的一种约定俗成的方式。可以说关公文化是中华民族文化的代表，海外华人栖生于异邦异文化，急需一种中心精神来凝聚吾民族的力量。一些华人社区的关庙筹建委员会，把弘扬以关公文化为表率的儒释道三教融合的中华文化，增强民族情结，净化人的心灵，作为建庙的基本宗旨．并围绕建庙，开展同乡同宗结社等活动，增进华人之间的情谊。因此，关公文化中强劲的凝聚力有利于增强我们的民族认同感，而这种民族凝聚力价值是需要我们在现时代社会中充分运用并不断弘扬的。

另外，关羽在台湾同胞中一向也有很高的声誉，台湾人民崇奉关羽，与大陆一脉相承，尊奉之风至今十分盛行。全岛现有将近千座关羽祠庙，并还在继续修建规模宏大的新关庙。有的关庙被列为岛内“一级古迹”。台湾同胞回大陆寻根、祭祖、旅游，常将参拜内地著名关庙列入行程，有的甚至在每年的农历四月初八关老爷巡城日、农历六月二十四关老爷生日或公历九月二十三国际关公文化节都专程前往山西运城解州关帝庙进行朝拜。

今天，随着祖国的日益强大中华民族国际声望的日益提高，新时代的忠义观业已成为激发我们实现中华民族伟大复兴的精神力量，关公文化必将进一步发挥凝聚民族合力、联结海内外炎黄后裔的精神纽带作用。

经济层面的“信”“义”精神与价值

关公文化所体现的“信”和“义”精神和人格力量，是关公文化的精髓所在。“信”“义”精神即讲信义、重然诺，爵禄不以靡，金帛不为惑，崇尚正义，正直为人，立身处事不违良知，这些蕴含于关公文化中的道德品格和为人品质，历来为社会所认同、为世人所称道，对于形成正确的义利观有重要的借鉴意义。所以除“武圣”之外，关公还被世人冠以“武财神”“商关公”的称谓，受到各阶层尤其是商人们的无限尊崇。在晋商眼中关羽就是“信义”之神，在生意场上他们正是依靠着“信义”这种精神力量来结识同道中人并与合作者相互取信，同时达成远离“见利忘义”“不仁不义”“背信弃义”“忘恩负义”等共识。正如张正明先生在《晋商与经营文化》中所说：“关（公）是一位全能神灵，财神是其身份之一。晋商与其他商人一样，崇祀财神，希望财神保佑他们生意兴隆，财源茂盛。”然而在日常的商业活动中还是会出现有人不守信用、背信弃义的现象，引发一些不良风气，比如盲目的商品崇拜、货币崇拜等，甚至为牟取更多的利益而不择手段，见利忘义，以利害义，损人利已，唯利是图。因此，在社会主义市场经济大潮中需要关公文化所体现的讲信誉、讲信义、讲义气、重然诺，以保证商业活动的可持续发展和顺利经营。当下，关羽在商品大潮的簇拥下，走出庙堂分身于市井里巷，走进一些企业、商铺、店堂甚至山陕会馆，端坐于神龛之中享受着人间烟火。人们期望关神爷可以带来滚滚财源，福佑平安。因此在当今社会主义市场经济大潮中，从关公文化中汲取力量，大力弘扬关公文化中的“信”“义”精神，加强社会道德建设，伸张社会正义，反对一切违背良知的行为，屏蔽和减少不良商气以形成正确的价值观、义利观，更有其独特的与时俱进的现实意义。

再者，文化是一种资产，一种具有多重价值的资源。由于关羽的知名度不同寻常，关公文化既是一种无形资产，又是一种可以转化为现实生产力的重要资源。因此，利用关公文化发展文化旅游事业，开发旅游经济价值，是促进地方经济健康高效快速发展的重要抓手。扩大对外开放，活跃一方经济，业已成为关公文化价值在当今社会的鲜明体现，并大有你追我赶、竞相争先之势。拿山西运城来说，关公文化业已成为当地扩大开放、加速经济发展的一张名片。比如，通过打造关公文化品牌，开发多种关公文化产品（如关帝酒、关帝表以及各种精美的关公铜像工艺品），举办关公文化研讨会，拍摄关公题材的影视剧，甚至举办国际关公文化旅游节等活动来营造声势，大力对外宣传关公故里——大美运城，提升地方知名度，以拉动地方经济的快速发展。但是我们开发利用关公文化，重视关公文化的经济价值推进地方经济发展，不能只着眼于商业目的经济利益，应跟弘扬中华民族文化、精神文明建设很好地结合起来。力求经济效益与社会效益相辅相成，达到经济目的的同时，又要收到弘扬中华民族文化的良好效果。简单重复从前关帝崇拜的某些做法，客观上继续使关公文化神圣化，显然与时代的脉搏是不合拍的。

道德层面的精神文化价值

“武圣”关羽英勇善战，武艺超群，过五关斩六将，战功赫赫。

首先，勇武精神和英雄气概体现在关公文化的精神层面，在现实社会中受到后人的不断推崇。从小的方面来说，这种精神和气概教导我们在日常的为人处事过程中要敢于与困难做斗争，不怕付出和牺牲；从大的方面来说，就是要在危难面前将国家利益摆在首位，勇于和不正之气做反抗做斗争，争取并保护属于我们自己的权益，这其中就体现出了拼搏和自强不息的英雄气概。

其次，关公文化作为一种精神现象，同样也体现在道德层面。道德是做人的根本，是行为的准则。关公文化的核心内涵——忠、义、仁、勇渗透着儒家的伦理道德精神，因此继承和弘扬关公文化的道德精神，可以促进社会主义的精神文明建设，有利于培育良好的社会道德风尚，有利于振奋民族精神、增强和提升文化自信，有利于增强全民族的精神纽带。

再次，关公精神在台湾以及海外备受推崇。关公文化在海外的不断流播和发展，有利于中华民族文化的整体发展，因此，关公文化对中华民族文化的发扬光大有着极其重要的推动作用。比如,在中日两国文化交流的过程中,《三国演义》在日企很是风行，关公文化渗透在企业精神文化建设、增强企业凝聚力、强调集体主义观念、培养员工的团队精神等方方面面。尤其是桃园三结义所展现的团结精神在日企备受青睐,以致直接催生了日立的“和”、松下的“亲和”、丰田的“温情友爱”等管理理念，以培养员工的团队精神和集体主义观念。

最后，关公文化对于青少年的成长和教育也有一定的熏陶意义，在以人为本、构建和谐社会的今天，“忠”的培育和提升仍然十分必要，使青少年在潜移默化中，在形成个人高尚思想道德素质的同时把“忠”字的精华内化成听党话跟党走，内化成身为炎黄子孙感到无比自豪的铮铮傲骨，内化成在大风大浪中勇立潮头、身不歪影不斜的无比精忠，内化成建设现代化国家的过硬本领。同时，对于青少年来说，要扬正气，树正义，吸纳关羽的“义”字精华，以志同道合为前提，以互帮互助为纽带，以经得起考验的大写的“义”为尺度，形成“宁让人负我，我绝不负人”的交友信条，讲究“团结”，反对“结团”，不当老好人。轻视当面做人、背后做鬼之徒，耻于挑拨离间，憎恶卑鄙小人，敢于直言不讳，摒弃庸俗的哥们儿“义”气，培养自我就算遭误解甚至不公正待遇，仍追求“以德报怨”为重“义”之最高境界。

参考文献

著　作

1. 关新刚. 关公在河东[M]. 太原：三晋出版社,2013.

2. 冯建国. 解州关帝庙[M]. 太原：山西经济出版社,2013.

3. 马书田. 青龙偃月写春秋[M]. 福州：海风出版社,2012.

4. 史策. 关圣帝君[M]. 哈尔滨：黑龙江美术出版社,2012.

5. 闫爱萍. 关公信仰与地方社会生活——以山西解州为中心的个案研究[M]. 太原：山西人民出版社,2012.

6. 任梦强. 古代版刻关圣帝君圣迹图[M]. 北京：线状书局,2012.

7. 马循,金开城. 中国文化知识读本：关帝庙 [M] 长春：吉林文史出版社,2010.

8. 谭运长. 说关公[M]. 上海：上海文化出版社,2010.

9. 马汉臣. 民间庙会[M]. 太原：山西经济出版社,2009.

10. 胡小伟. 关公崇拜溯源[M]. 太原：北岳文艺出版社,2009.

11. 刘魁立,张旭. 中国民俗文化丛书 :关公[M]. 北京 :中国社会出版社,2008.

12. 侯学金,何秀兰. 解州关帝庙[M]. 太原 :山西人民出版社,2008.

13. 高有鹏. 庙会与中国文化[M]. 北京 :人民出版社,2008.

14. 柴继光,柴虹. 武圣关羽. 太原 :山西古籍出版社,1996.

15. 田福生. 关羽传[M]. 北京 :中国文史出版社,2007.

16. 卫龙,杨明珠. 山西解州关帝祖庙楹联牌匾[M] . 北京 :文物出版社,2006.

17. 朱正明. 世界关帝文化[M] . 太原 :山西人民出版社,2006.

18. 刘海燕. 翰墨英风 :文昌帝君与关圣帝君[M] . 北京 :宗教文化出版社,2006.

19. 侯文正,刘益龄. 关公文化旅游志[M]. 太原 :山西人民出版社,2006.

20. 龚延明. 中国历代职官别名大辞典.[M]. 上海 :上海辞书出版社,2006.

21. 韩顺发. 关帝神工: 开封山陕甘会馆[M]. 郑州 :河南大学出版社,2003.

22. 朱正明. 中国关帝文化[M]. 北京 :中国画报出版社,2002.

23. 柴泽俊. 解州关帝庙[M] . 北京 :文物出版社,2002.

24. 何秀兰. 常平关帝祖祠[M]. 太原 :山西经济出版社,2001.

25. 何秀兰. 解州关帝庙[M]. 太原 :山西经济出版社,2001.

26. 赵波,侯学金,裴根长. 关公文化大透视[M]. 北京:中国社会科学出版社,2001.

27. 文廷海,蔡东洲. 关羽崇拜研究[M]. 成都:巴蜀书社,2001.

28. 李福伍. 三晋名胜[M]. 太原:山西古籍出版社,1998.

29. 张成德,黄有泉,宋富盛. 关公故里[M]. 太原:山西人民出版社,1998

30. 梅铮铮. 关帝之谜[M]. 成都:四川人民出版社,1998.

31. 朱正明. 中国关帝文化寻踪[M]. 北京:今日中国出版社,1996.

32. 梁肇唐. 山西庙会[M]. 太原:山西经济出版社,1995.

33. 鲁愚. 关帝文献汇编[M]. 北京:国际文化出版公司,1995.

学位论文

1. 焦磊. 关羽神圣化过程的历史考察——以关帝庙为核心[D]. 山东大学硕士论文,2008.

2. 王锋琪. 关羽形象:从历史到艺术演变的研究[D]. 南昌大学硕士论文,2008.

3. 包诗卿. 明代关羽信仰及其地域分布研究[D]. 河南大学硕士论文,2005.

4. 刘海燕. 关羽形象与关羽崇拜的演变史论[D]. 福建师范大学博士论文,2002.

期刊论文

1. 李志茗 . 关羽是怎样成为“武财神”[N]. 科学大观园，2014（1）.

2. 李安纲，李方舟 . 关公忠义仁勇是中华文化的重要载体 [J]. 运城学院学报，2014（2）.

3. 牛贤芳 . 祈福求愿与信仰空间的构建——以台湾新庄武圣庙赴山西解州关帝庙祈福为例 [J]. 沧桑，2014（2）.

4. 徐立 . 蒙元时期的关羽信仰 [J]. 商丘师范学院学报，2014（4）.

5. 舒耘华，黄儒敏 .《三国演义》中关羽的形象塑造与民间关帝信仰之心理接受探析 [J]. 佳木斯大学社会科学学报，2014（4）.

6. 焦艳，朱慧芳 . 论关公信仰对晋商精神的影响 [J]. 山东工会论坛，2014（4）.

7. 梁菠 . 山西关帝庙研究综述 [J]. 黑河学院学报，2014（4）.

8. 燕璐 . 论关公崇拜与解州关帝庙 [J]. 大众文艺，2014（6）.

9. 胡月馨 . 浅析当阳《关公显圣》传说中的民众文化心理 [J]. 大众文艺，2014（6）.

10. 廖景苒 .《三国演义》对关羽的描绘及其文化意蕴分析 [J]. 现代交际，2014（8）.

11. 闫爱萍 .“凝视理论”视角下关帝故里关公信仰的阐析 [J]. 科学技术哲学研究，2014（8）.

12. 钟英战 . 道德哲学视域下的关公崇拜 [J]. 理论观察，2104（8）.

13. 程程 . 人物崇拜系列案例分析——以关羽崇拜为考察 [J]. 学理论，2014（9）.

14. 廖可 . 关羽是如何走上神坛的 [J]. 文史博览，2014（3）.

15. 吴幼雄，吴玫 . 论民间关帝信仰与社会需求之随机调节 [J]. 福建论坛（人文社会科学版），2013（2）.

16. 尹恒 . 明清绘画中的关羽形象鉴考——兼论明清时期关羽形象的发展衍变 [J]. 中华文化论坛，2013（2）.

17. 吴晓峰 . 试论关公文化演进中的政府行为及现实意义 [J]. 华东师范大学学报（哲学社会科学版），2013（3）.

18. 王婷，杨孟东 . 关公崇拜与解州关帝庙 [J]. 沧桑，2013(8).